Audrey

Der Vampir und die Polizistin 3

Dale   Cooper

Detective Audrey Weaver führt es nach Cardiff, wo sie ihre walisischen Kollegen bei der Aufklärung eines Mordfalls unterstützt. Begleitet wird sie von dem attraktiven Vampir Vanessa. Im Rahmen der Ermittlungen kommt es zu Verwicklungen, die Audrey wieder einmal in Lebensgefahr bringen. Die Königin der Finsternis Catherine Drake versucht derweil alles, um Audrey in einen Vampir zu verwandeln und als Gefährtin für die Ewigkeit zu gewinnen.

Ein packender Vampirkrimi mit einem grandiosen Finale.

Der Autor wurde 1967 in Hildesheim geboren und publiziert unter dem Pseudonym Dale Cooper Romane. Sein erster Roman „Der Vampir und die Polizistin" wurde 2013 veröffentlicht. Außerdem hat er eine Reihe von Fachbüchern publiziert. Er lebt und schreibt in München.

Dale Cooper

Audrey

Der Vampir und die Polizistin 3

Roman

Bibliografische Information der Deutschen Nationalbibliothek
Die Deutsche Nationalbibliothek verzeichnet diese Publikation
in der Deutschen Nationalbibliografie; detaillierte
bibliografische Daten sind im Internet über http://dnb.d-nb.de
abrufbar.

Zweite Auflage: 2015
Copyright by: Dale Cooper

Coverfoto: © Edw – shutterstock.com

Herstellung und Verlag:
BoD – Books on Demand, Norderstedt

ISBN: 978-3-7357-2462-5

4. Oktober

„Töte mich, Catherine!"

Die *Königin der Finsternis* umschlang mit ihren starken Armen den zarten Hals von Audrey Weaver und begann ihr langsam die Luft abzudrücken. Der Polizistin schwanden die Sinne. Doch Catherine Drake brachte es nicht über das Herz, ihrer Freundin das menschliche Leben endgültig zu nehmen. Obwohl Audrey eingewilligt hatte, sich von Catherine töten zu lassen, um anschließend in einen Vampir verwandelt zu werden. Aber wollte Audrey das wirklich? Oder war sie nur einem Moment der Schwäche erlegen, um der Königin zu gefallen? Mit diesen Zweifeln im Hinterkopf würde Catherine die Polizistin nicht umbringen. Aber was sollte sie stattdessen tun? Niemals zuvor hatte ein Mensch das Schloss des Throninhabers lebend verlassen. Catherine selbst war erst vor wenigen Tagen auf einer Ratsversammlung der Vampirliga auf der kleinen Insel Malta, südlich von Sizilien zum Oberhaupt aller Vampire gewählt worden. Damit durfte sie sich *Königin der Finsternis* nennen. Die hoffentlich rauschende Inthronisierungsfeier sollte erst Ende Oktober in Transsilvanien stattfinden. Ihr Ziel war es gewesen, Audrey auf der Feier ihren Untertanen als ihre neue Gemahlin vorzustellen. Dazu müsste Audrey aber vorher in einen Vampir verwandelt werden. Denn einen Menschen an der

Seite einer Königin verboten die Statuten der Vampirliga ausdrücklich. Daran musste sich auch Catherine halten. Also würde sie sich schnell etwas überlegen müssen, um dieses Dilemma zu lösen. Denn ohne Audrey würde ihre Regentschaft nicht perfekt sein.

Da in das riesige Kellergewölbe unterhalb ihres Schlosses keine Sonnenstrahlen gelangen konnten, verzichtete Catherine tagsüber häufig darauf, sich in einem ihrer Särge auszuruhen. Auch wenn sie keinem UV-Licht ausgesetzt waren, spürten die Vampire den Unterschied zwischen Tag und Nacht. Tagsüber waren die Vampire eher träge und ihre Sinne nicht so geschärft wie nachts.

Mittlerweile war es vierzehn Uhr am Nachmittag und die Polizistin erwachte aus einer tiefen Bewusstlosigkeit.

„Was ist passiert, Catherine? Ich fühle keine wirkliche Veränderung in meinem Körper, bin nur etwas benommen. Hat die Umwandlung etwa nicht funktioniert und ich bin weiterhin ein Mensch? Wie lange war ich denn außer Gefecht?"

Catherine schaute auf die Polizistin, die ein hautenges, tief ausgeschnittenes rotes Kleid, welches mit dunkelroten Pailletten besetzt war, am Leibe trug. Ihr langes, blondes Haar fiel auf die Schultern. Sie war sonnengebräunt und ihr Busen spektakulär. Ihre blauen Augen sahen Catherine verträumt an, als diese sprach: „Ich konnte es nicht tun, Audrey! Ich bin mir einfach nicht sicher genug, ob du wirklich dein menschliches Leben für mich aufgeben möchtest und diese Entscheidung später nicht doch bitter bereust. Du würdest mir dann das Leben zur Hölle machen. Nach der Verwandlung gäbe es kein Zurück mehr. Ich liebe dich zu sehr, als ich dein Leben für alle Ewigkeit zerstören möchte. Bitte versteh das!"

„Ach, Catherine. Du weißt doch, dass ich dich auch über alles liebe und bis zum Ende unserer Tage mit dir zusammen bleiben möchte. Und wenn ich dafür in einen Vampir verwandelt werden muss, dann ist es eben das, was wir tun sollten."

„Ich habe in den letzten Stunden viel darüber nachgedacht. Ich kann dich erst verwandeln, sobald ich wirklich hundertprozentig überzeugt bin, dass du diesen riesigen Schritt auch verkraften wirst. Ich habe schon zu viele Vampire gesehen, die nach der Verwandlung elendig zugrunde gegangen sind. Sie wollten kein menschliches Blut trinken oder der Sonnenentzug trieb sie in schlimme Depressionen. Dieses Schicksal möchte ich dir ersparen. Früher gab es natürlich auch noch kein synthetisches Blut, so dass in der heutigen Zeit wahrscheinlich weniger Vampire verrecken, obwohl sie zu viele Skrupel besitzen, um Menschen weh zu tun. Wir haben aber einige Wochen Zeit, bis wir eine endgültige Entscheidung treffen müssen. Bei meiner Inthronisierungsfeier möchte ich dich spätestens an meiner Seite sehen. Und das geht nur, wenn du bis dahin ein Vampir bist. In den nächsten Tagen solltest du dich noch einmal mit den Menschen treffen, die dir am Herzen liegen. Wenn du dann immer noch felsenfest davon überzeugt bist, dein menschliches Leben zurücklassen zu können, werde ich dich töten. Aber nicht früher. Das ist mein letztes Wort!"

„Ok, wenn du es so möchtest. Dann werde ich noch einmal nach England zurückkehren. In den folgenden drei Wochen werde ich meinen Job bei der Mordkommission wie gewohnt ausüben und mich mit meinen Familienmitgliedern und engsten Freunden treffen. Ich bin mir aber total sicher, dass ich meine Meinung bezüglich der Verwandlung nicht mehr ändern werde. Ich kann mir ein Leben ohne dich nicht mehr vorstellen, Catherine. Was kann man sich Schöneres wünschen als ein Leben an der Seite einer Königin zu verbringen?" Ganz so überzeugt, wie sie sich nach außen gab, fühlte sich Audrey aber bei weitem nicht. Leichte Zweifel regten sich in ihr. Könnte sie tatsächlich ihr menschliches Leben aufgeben, zu einem Geschöpf der Dunkelheit werden und sich zukünftig nur noch von menschlichem Blut ernähren? Momentan überwog noch der Zustand der Euphorie, der dadurch ausgelöst worden war, dass sie in der letzten Nacht eine größere Menge von Catherines königlichem Vampirblut getrunken hatte. Aber wie lange würde dieser Zustand noch anhalten?

„Ich lasse dich zurück nach London bringen, Audrey. Zur Sicherheit wird dich Vanessa Valpecca begleiten. Sie ist ein weiblicher Vampir. Vanessa wird dir nachts als Bodyguard dienen und dich auch mit ihrem Vampirblut versorgen. Selbst wenn es unwahrscheinlich erscheint, dass dich Anhänger von Cole oder andere abtrünnige Vampire angreifen werden, möchte ich doch kein Risiko eingehen. Würdest du getötet werden und hast Vampirblut in deinem Körper, kannst du notfalls in einen Vampir verwandelt werden. Außerdem wird Vanessas Blut deine Sinne schärfen, so dass du Vampire schneller erkennen und möglichen Gefahren ausweichen kannst. Ich selbst werde spätestens in drei Wochen nach London reisen. Vielleicht auch schon früher. Bis dahin solltest du dich entschieden haben, meine Gemahlin zu werden. Ansonsten wird es ein Abschied für immer sein. Bevor du Transsilvanien verlässt, muss ich noch deine Erinnerung an die letzten vierundzwanzig Stunden löschen. Denn kein Mensch darf sich an diesen Ort erinnern. Auch du nicht, mein Schatz. Ich hoffe, du verstehst das!"

„Wenn es keine andere Möglichkeit gibt, bin ich natürlich einverstanden. Hoffe, Vanessa ist genauso umgänglich wie Vladimir. Wo ist er übrigens? Sollte er nicht an deiner Seite stehen, wenn er jetzt zu deinem Stellvertreter aufgestiegen ist?"

„Der gute Vladimir ist auf Reisen. Er wird wohl erst am Tag der Inthronisierungsfeier zu meinem Stellvertreter ernannt." Catherine hasste es, Audrey zu belügen. Aber in diesem Augenblick wollte sie Audrey nicht erklären, warum Vladimir buchstäblich den Kopf verloren und damit den endgültigen Tod gestorben war.

„Schade. Aber dann sehe ich ihn ja zumindest auf deiner Feier." Audrey hatte starke Gefühle für den russischen Vampir entwickelt, als er einige Tage in London zu ihrem Schutz eingeteilt worden war und sie zusammen das Londoner Nachtleben unsicher gemacht haben. Mit Catherines Blut in ihren Adern waren diese Gefühle aber deutlich schwächer geworden. Sie mochte Vladimir einfach nur sehr gern. Das war alles. Nicht mehr, aber auch nicht weniger. Schließlich hatte er ihr selbstlos das Leben gerettet und sogar einen anderen Vampir vernichtet, um sie zu beschützen.

Plötzlich klopfte es leise an der Tür zu Catherines Arbeitszimmer und eine blutjung aussehende Gestalt betrat den Raum und bemerkte schüchtern: „Du hast mich rufen lassen, meine Königin!"

„Ah, Vanessa, da bist du ja. Darf ich dir Audrey vorstellen? Sie ist deine Schutzbefohlene für die nächsten drei Wochen. Du wirst sie nach London begleiten."

„Hallo, Audrey", wandte sich Vanessa an die Londoner Polizistin, „schön dich kennenzulernen. Hoffe, wir haben viel Spaß miteinander. Bin sehr gespannt auf deine Stadt. Ich fand bisher leider noch keine Gelegenheit, dorthin zu reisen."

„Hallo, Vanessa, bin mir sicher, dir wird es dort gefallen. Jedem gefällt es in London", erwiderte die

Polizistin euphorisch. Sie hatte praktisch ihr ganzes Leben in der Metropole verbracht.

„Audrey, am besten packst du jetzt deine Sachen zusammen und ruhst dich anschließend ein bisschen aus. Bis zum Sonnenuntergang sind es ja noch einige Stunden. Ich möchte außerdem noch ein paar vertrauliche Dinge mit Vanessa besprechen."

„Alles klar, Catherine." Die Polizistin verließ das Zimmer mit einem Lächeln im Gesicht. Nun würde sie zukünftig einen weiblichen Vampir als Bodyguard an ihrer Seite haben. Sie fragte sich, wie sie wohl mit Vanessa klarkommen würde. Sie schien auf den ersten Blick recht sympathisch zu sein. Aber bei Vampiren täuschte der erste Eindruck ja häufig. Von daher müsste sie sich überraschen lassen.

Catherine beäugte Vanessa leicht besorgt und fragte: „Fühlst du dich der Aufgabe gewachsen, Vanessa?"

„Natürlich, meine Königin. Ich werde sie bis aufs Letzte verteidigen und ihr mein Blut zu trinken geben. Drei Wochen sind ja keine lange Zeit. Besteht denn eine konkrete Gefahr für ihr Leben?"

„Ich bin mir nicht sicher. Eigentlich sollte es keine Probleme geben. Betrachte es als Test. Wenn du diese Aufgabe zu meiner Zufriedenheit erledigst, steht dir eine große Zukunft in meinem Königreich bevor."

„Danke für das Vertrauen. Ich werde dich nicht enttäuschen."

„Und gib Audrey von deinem Blut nicht mehr als unbedingt nötig zu trinken. Nur so viel, dass sie genügend Vampirblut im Körper hat, um im Notfall verwandelt werden zu können."

„Alles klar. Soll ich Marius einweihen?" Marius hatte vor kurzem die Nachfolge von Catherine als führender Londoner Vampir angetreten und besaß somit das Recht zu erfahren, wenn Vampire von außerhalb nach London reisen wollten.

„Das ist nicht nötig. Ich teile es ihm persönlich mit, dass du nach London kommen wirst. Du kannst ihn dann im *Princess of Darkness* (*PoD*) treffen. Aber nimm auf keinen Fall Audrey mit ins *PoD*. Falls doch noch ein Vampir es auf Audrey abgesehen haben sollte, wird dieser bestimmt häufiger im *PoD* verkehren." Das *PoD* hatte Catherine vor über fünfzig Jahren eröffnet. Seitdem war es der zentrale Treffpunkt für die Londoner Vampire. Und die menschlichen Gäste brachten Geld in die Kasse.

„Ok, ich freue mich schon riesig darauf, endlich einmal ins legendäre *PoD* gehen zu können und so viele Vampire auf einem Haufen zu sehen. Wie sieht es denn mit meiner Nahrungsaufnahme in England aus? Darf ich mich von Menschen nähren oder muss ich auf das synthetische Blut zurückgreifen, welches im *PoD* ausgeschenkt wird?"

„Das überlasse ich dir. Du bist ja alt genug, um zu entscheiden, was richtig oder falsch ist. Hauptsache, du tötest keine Menschen oder sorgst in anderer Weise für unnötiges Aufsehen."

Vanessa lächelte vielsagend und verließ anschließend das Zimmer, um sich vor ihrer Abreise noch ein wenig Blut zu gönnen. Sie könnte einige Zeit ohne Blut auskommen, wobei der längere Verzicht eine langsame Verzehrung der Körperkräfte bedeutete. Auf Dauer ohne den Konsum von Blut zu leben würde für sie geistiges und körperliches Siechtum und letztendlich den Tod bedeuten. Im Schloss der Königin hielt man immer eine große Menge an menschlichem Blut vorrätig. Menschen aus allen Teilen der Welt wurden entführt und nach Transsilvanien gebracht. An Abwechslung fehlte es den Vampiren dort also nicht. Einige der Sterblichen mussten die Tortur des *Blutspendens* mehrere Wochen durchstehen, bevor sie schließlich getötet wurden. Die Begleitung von Audrey nach London stellte Vanessas erste größere Aufgabe dar, die sie für die neue Königin auszuführen hatte. Das durfte sie natürlich nicht vermasseln. Auch wenn Catherine als relativ gnädig im Umgang mit ihren Untertanen bekannt war, würde sie wohl keine Gnade kennen, wenn der blonden Polizistin etwas Schlimmes passieren würde. Es war ja unverkennbar, dass die Königin in Audrey unsterblich verliebt war. Warum auch immer. Vanessa konnte sich nicht vorstellen, sich in einen Menschen – und schon gar nicht in eine Frau - zu verlieben. Sie selbst war 1899 in einen Vampir verwandelt worden. Seither hatte sie Menschen im Allgemeinen eigentlich nur als Nahrungsspender und Männer im speziellen als

Lustobjekte gesehen. Und falls ihr doch einmal ein Mensch gefallen sollte, mit dem sie mehr Zeit verbringen wollte, würde sie ihn so schnell es eben ging zum Vampir verwandeln und nicht lange fackeln. Etwas Spontanität schadete ja in den seltensten Fällen und zu viel Grübelei führte häufig nicht zu den erhofften Ergebnissen.

5. Oktober

Audrey erwachte kurz nach Mitternacht wieder. In Transsilvanien hatte Catherine ihr die Erinnerung an die letzten vierundzwanzig Stunden geraubt und sie anschließend ins Land der Träume befördert. Sie flogen mit der Gulfstream – dem Privatjet von Catherine – nach England, so dass es keine neugierigen Fragen vom Piloten zu ihrer Bewusstlosigkeit gegeben hatte. An ihrer Seite befand sich nun Vanessa. Sie fuhren zusammen mit dem Taxi in die Wohnung der Polizistin. In ihrer Manteltasche fand Audrey einen handgeschriebenen Brief von Catherine. Er enthielt Instruktionen für die nächsten Wochen. Der Wortlaut des Briefes ließ Audrey sichtlich zusammenzucken. Durch die geraubte Erinnerung war ihr gar nicht mehr bewusst gewesen, dass sie offensichtlich bereits eingewilligt hatte, sich in einen Vampir verwandeln zu lassen. Catherine gab ihr aber noch etwas Bedenkzeit. Innerhalb der nächsten drei Wochen müsste demnach eine finale Entscheidung fallen, ob sie ihr menschliches Leben für alle Zeiten zurücklassen wollte. Die Wirkung des Alkohols und insbesondere von Catherines Blut schienen deutlich nachzulassen. Sie fühlte sich keinesfalls mehr euphorisch und der Gedanke in wenigen Wochen ein Vampir zu sein und bis dahin regelmäßig von Vanessas Blut zu trinken, ließ sie erschaudern. Auf was hatte sie sich da nur eingelassen? War ihr Versprechen sich verwandeln zu lassen nicht doch viel zu voreilig gewesen?

„Wie geht es dir, Audrey?"

„Ganz gut, Vanessa. Bin nur leicht verwirrt. Kann mich an die Zeit in Transsilvanien überhaupt nicht mehr erinnern." Dem Vampir erzählte sie nichts von ihren aufkommenden Zweifeln, da diese Infos ja sicher an Catherine weitergeleitet würden. „Du bist also zu meinem Schutz hier? Und ich soll dein Blut trinken? Ist das denn für dich in Ordnung?"

„Ich tue alles, was die Königin von mir verlangt. Außerdem freue ich mich total auf London und das *PoD*. Also mach dir deswegen keinen Kopf. Hoffe, mein Blut schmeckt dir. Du bist der erste Mensch, der etwas von meinem Blut trinken darf. Du kannst dich also als etwas ganz Besonderes fühlen. Mal schauen, welche Wirkung es auf dich haben wird. Du hast ja schon häufiger von Catherines Blut getrunken und bist mit der starken Wirkung von Vampirblut vertraut, oder?"

Audrey nickte, obwohl sie im Prinzip keinen blassen Schimmer hatte, was Vanessas Blut mit ihr anstellen würde.

Der Taxifahrer musste dem Gespräch gelauscht haben. Zumindest warf er einen beunruhigten Blick in den Rückspiegel, als die beiden sich über Vampirblut unterhielten. Aber nach kurzer Zeit lächelte er wieder. Vor den beiden Mädels bräuchte er nun wirklich keine Angst haben. Das waren einfach zwei harmlose, abgedrehte Bräute, dachte er. In London lebten ja Menschen aller Facetten und nicht alle konnte man als geistig gesund bezeichnen. Gerade er als Taxifahrer konnte davon ein Lied singen. Schon viele durchgeknallte Menschen hatten auf der Rückbank seines Taxis gesessen. Zum Glück war aber noch niemand gewalttätig geworden.

„So, da sind wir, Ladies. Macht vierzig Pfund", bemerkte er wenige Minuten später, nachdem das Taxi vor Audreys Wohnung gestoppt hatte. Die Polizistin bezahlte ihn, gab ein ordentliches Trinkgeld und ging zusammen mit Vanessa in ihre Zwei-Zimmer-Wohnung.

„Die ist ja winzig", war der erste Kommentar von Vanessa. Sie schien enttäuscht zu sein. Hatte wohl bei der Freundin der Königin etwas Größeres und mehr Luxus erwartet.

„Wir sind hier schließlich in London und nicht in der Provinz. Eine größere Wohnung würde ein Vermögen kosten. Das kann ich mir nicht leisten. Woher kommst du denn eigentlich ursprünglich, Vanessa?"

Vanessa schüttelte innerlich den Kopf über so viel Naivität. Geld spielte für Catherine schließlich keine Rolle. Von daher bräuchte die Polizistin nur ihre Wünsche äußern und die Königin würde ihr im besten Fall sogar eine Villa kaufen. Sie selbst hatte niemals einen Sugar-Daddy oder eine Sugar-Mom unter den Vampiren besessen, die gewillt gewesen wären, für sie in die Schatulle zu greifen. „Ich bin im späten neunzehnten Jahrhundert in Rom aufgewachsen. Als Mensch geboren wurde ich 1878 und bin im Jahr 1899 in einen Vampir verwandelt worden. Konnte mein Leben als Mensch also nur einundzwanzig Jahre genießen. In der damaligen Zeit war das Leben als Vampir noch bedeutend einfacher. So sehr die technische Entwicklung den Menschen geholfen hat. Für uns Vampire gibt es nichts Schlimmeres. Überall diese verfluchten Überwachungskameras und Fotohandys, da ist es nur eine Frage der Zeit, wann ein Vampir im Internet landet."

Zur gleichen Zeit telefonierte Catherine mit ihrem Bruder Juan, der kurz davor stand, zum Oberhaupt der New Yorker Vampire - und damit zu einem der mächtigsten Vampire - aufzusteigen. Der bisherige Anführer Cole war in der letzten Nacht im Auftrag von Catherine enthauptet und somit für alle Zeiten ausgelöscht worden. Cole hatte mit Catherine um die Krone der Vampirliga gekämpft. Um dieses Ziel zu erreichen, ließ er Audrey nach New York entführen und wollte sie töten lassen. Catherine hatte sie erst in allerletzter Minute retten können. Um Rache zu üben schickte sie mit Vladimir und Dante zwei Vampire, denen sie vertraute, nach New York, um Cole zu vernichten. Dieser Plan war zwar aufgegangen, aber die beiden befreundeten Vampire fanden leider ebenfalls den Tod. Während Dante von Cole enthauptet wurde, brachte Juan Vladimir um, nachdem dieser Cole den Garaus gemacht hatte. Juan wollte damit verhindern, dass Audrey noch stärkere Gefühle für Vladimir entwickelte und dies konnte in seinen Augen nur durch das Ableben des russischen Vampirs gewährleistet werden. Diese unfassbare Tat behielt er verständlicherweise für sich, denn er konnte nicht voraussagen, wie Catherine auf diese Nachricht reagieren würde. Sie hatte nicht den leisesten Schimmer, wie sehr sich Audrey zu Vladimir hingezogen fühlte. Und so sollte es auch bleiben. Eine Königin mit Liebeskummer könnte fatale Auswirkungen haben. Vampire lebten ihre Gefühle viel stärker aus als Menschen. Und dies war häufig mit brutaler Gewalt und einem Blutrausch verbunden. Als Oberhaupt aller Vampire durfte sich Catherine keine Aussetzer erlauben.

„Also, Juan. Wie ist die Lage im *Big Apple*? Hast du schon einen konkreten Plan, wie du Coles Nachfolge antreten kannst, ohne Misstrauen bei seinen Verbündeten zu wecken?" Catherine vertraute ihrem Bruder nahezu blind und sie wusste, dass er alles tun würde, was in seiner Macht stand, um ihre Regentschaft tatkräftig zu unterstützen. Von daher wäre er als Oberhaupt der New Yorker Vampire ein wichtiger Eckfeiler für ihre globale Herrschaft.

„Ich werde mich nächste Nacht mit Jimmy im *Dark Mansion* treffen. Vorher verfasse ich noch einen Abschiedsbrief von Cole, der erklären wird, warum er New York so plötzlich verlassen hat. Hoffe, seine engsten Freunde werden das schlucken und sich ruhig verhalten. Ich denke aber, dass sich niemand vorstellen kann, dass Cole von einem anderen Vampir vernichtet worden ist. Er hielt sich ja selbst für den mächtigsten Vampir seit Sangus. Und schon gar nicht, dass wir damit etwas zu tun haben. Schließlich hast du ihn erst bei der Wahl in Malta vor wenigen Tagen geschlagen. Welchen Grund sollest du also gehabt haben, ihn auszulöschen? Außerdem ist seine Geliebte Sally ja mit ihm verschwunden. Das stützt die These, dass er sich aus dem Staub gemacht hat." Juan brachte es auf den Punkt. Niemand von den New Yorker Vampiren konnte wissen, dass sich Cole an Audrey brutal vergangen hatte und Catherine daher einen gewichtigen Grund besaß, Cole von der Bildfläche verschwinden zu lassen.

„Ok, Juan. Ich vertraue dir da vollkommen. Du wirst es schon irgendwie schaffen. Und dann sind wir zusammen das mächtigste Geschwisterpaar, was jemals auf Erden gewandelt ist. Es wäre cool, wenn du bis Ende Oktober alles auf die Reihe bekommst. Dann kannst du zu meiner Inthronisierungsfeier bereits als Nummer EINS der New Yorker Vampire erscheinen und du bekommst zusätzlich eine wichtige Position im Vampirrat."

„Wie ist es dir denn mit Audrey ergangen? Hast du den Prozess der Umwandlung eingeleitet?"

„Das gestaltet sich nicht so einfach. Ich habe ihr noch maximal drei Wochen Zeit gegeben, damit sie mit ihrem menschlichen Leben in Ruhe abschließen kann. Hoffe, sie wird sich dann tatsächlich für mich entscheiden."

„Da bin ich mir sicher, Catherine. Wer würde nicht gerne ein Leben an der Seite einer Königin verbringen? Außerdem liebt sie dich abgöttisch und das, obwohl du ein Vampir bist. Oder vielleicht auch gerade deswegen."

„Ich hoffe, du behältst Recht. Melde dich morgen wieder, wenn du mit Jimmy gesprochen hast."

„Alles klar, bis dann." Juan beendete das Telefongespräch und war leicht irritiert. Catherine hatte es tatsächlich immer noch nicht geschafft, Audrey zu töten. Manchmal verstand er seine Schwester nicht. Hoffentlich hatte er Vladimir nicht umsonst umgebracht.

Kurz vor dem Morgengrauen verließ Vanessa Audreys Wohnung, um noch einen Abstecher ins *PoD* zu machen und sich einen kuscheligen Platz bis zum nächsten Sonnenuntergang zu besorgen. Sie war sehr gespannt darauf, wen sie im *Princess of Darkness* antreffen würde. Außer Marius, den sie aus gemeinsamen Zeiten in Transsilvanien kannte, hatte sie bisher nur vereinzelte Kontakte zu Londoner Vampiren gehabt. Mit zweien hatte sie allerdings einige heiße Nächte verbracht, als diese in ihrer Heimatstadt Rom zu Besuch gewesen waren. Außerdem war sie Catherines jüngerem Bruder Johnny bereits einige Male begegnet. Dieser war ja eher ein Weltenbummler. Nach ihren Infos hielt er sich aber auch regelmäßig in London auf. Etwas Zeit mit ihm zu verbringen, würde ihr extrem gut gefallen. Sie träumte häufig davon mit Johnny in die Kiste zu steigen und sich ihm hinzugeben. Vor dem Eingang des *PoD* bewunderte sie noch die Figur einer leicht bekleideten und üppig ausgestatteten Vampirlady, die sicher einige Menschen aus Neugier ins *PoD* lotste. Die Türsteher waren unverkennbar Vampire. Im Innern des Nightclubs befanden sich so kurz vor dem Sonnenaufgang nur noch eine Handvoll Gäste. Die meisten Vampire hatten sich offensichtlich bereits zurückgezogen, um den Tag geschützt vor den Sonnenstrahlen zu verbringen. Hinter der Theke stand ein breit lächelnder Vampir namens Paulie. Er fuhr vor Erregung seine Fangzähne weit aus, sobald er Vanessa entdeckte. Vor zwanzig Jahren waren sie sich in Rom über den Weg gelaufen und sie hatten sich damals köstlich amüsiert. Einige Menschen waren ihnen damals zum Opfer gefallen. Allerdings wurde dabei niemand getötet. Vanessa brachte Menschen nur im absoluten Notfall um. Das heißt, wenn ihre Manipulation der Gedanken fehlschlug und sie die Erinnerungen der Menschen nicht löschen konnte. Dies war in über hundert Jahren erst zweimal passiert. Warum sollte sie ihre Nahrungsspender auch töten? Einen Blutrausch, der sie dazu brachte, zur Bestie zu werden, hatte sie nur in den ersten Wochen nach der Verwandlung erlebt. Danach niemals wieder. Von den weiblichen Vampiren, die sie persönlich kannte, war Catherine ohnehin die einzige, der es Spaß machte, menschliches Leben auszulöschen. Die übrigen begnügten sich mit dem menschlichen Blut, welches sie als Nahrung benötigten. Die notwendige Menge war aber so gering, dass der Blutverlust den meisten Menschen keinerlei Probleme bereitete. Bei den männlichen Vampiren sah es eher umgekehrt aus. Da kannte sie fast keinen, der nicht Spaß daran hatte, den Menschen weh zu tun. Von daher war Catherine sicher die richtige Wahl gewesen, zum Oberhaupt aller Vampire gekürt zu werden. Denn die Mehrzahl der Untoten war männlichen Ursprungs und sie benötigten eine starke Führung, die notfalls auch Gewalt gegenüber anderen Vampiren einsetzte.

„Hallo, Vanessa! Was für eine Überraschung. Was treibt dich denn nach London?"

„Hi, Paulie. Ich mache hier Urlaub und habe außerdem von Catherine die Anweisung erhalten, mir London ein bissi näher anzuschauen. Sie möchte mich eventuell als Stellvertreterin von Marius hierher beordern." Vanessa kamen Lügen immer sehr einfach über die Lippen. Das war schon als Mensch so gewesen. Aber von ihrem Auftrag, Audrey zu beschützen, durfte sie Paulie nichts erzählen.

„Das wäre ja cool. Hast du schon einen Schlafplatz für den anbrechenden Tag? In meinem Sarg ist locker Platz für zwei", bemerkte Paulie in der Hoffnung auf Sex mit Vanessa. Wie er sich freudig erinnerte, war ihr sexuelles Verlangen nahezu

23

unersättlich. Und wo würde so etwas einem Vampir mehr Spaß machen als in einem Sarg? Er hatte sich extra für solche Gelegenheiten einen gigantischen Sarg anfertigen lassen, der genügend Platz für gewisse körperliche Aktivitäten ließ. Beim Anblick von Vanessas durchtrainierten, aber dennoch sehr weiblichen Körper lief ihm schon das Blut im Munde zusammen. Da es in London nur wenige weibliche Vampire gab, konnte er seine Phantasien viel zu selten ausleben. Der Sex mit Menschen war einfach nicht dasselbe. Die Sterblichen waren viel zu schnell befriedigt und in einen Sarg steigen wollten sie schon gar nicht.

„Gute Idee! Ein bisschen Horizontalakrobatik würde mir jetzt gut tun. Aber vorher möchte ich gerne noch was trinken. Gib mir mal etwas von eurem synthetischen Blut. Soll zwar ja nicht gerade der Brüller sein, wie ich gehört habe, aber testen möchte ich das Zeug schon."

„Ach, so schlecht schmeckt es gar nicht. Natürlich nur, wenn man nichts anderes gewohnt ist." Paulie war schon immer ein Witzbold gewesen. Daran schien sich nichts geändert zu haben.

„Ok, dann gib mir bitte eine Flasche. Wie weit ist es denn bis zu deiner Unterkunft? Wird ja langsam hell und wir sollten uns nicht unnötig der Sonnengefahr aussetzen."

„Nur fünf Minuten von hier. Nimm die Flasche am besten mit. Je eher wir bei mir sind, umso besser."

Vanessa lächelte nur, als Paulie den Nightclub abschloss. Anschließend verbrachten sie einige Stunden voller animalischer Leidenschaft, wie sie nur von Vampiren ausgelebt werden kann. Die Reise begann großartig, dachte Vanessa. So dürfte es weitergehen.

Inspektor George Hunter - der direkte Vorgesetzte von Audrey - verbrachte seinen Urlaub mit seiner Frau Margaret in der Dominikanischen Republik. Schon lange hatte er nicht mehr solch eine entspannte Zeit erlebt. Den ganzen Tag am Strand zu liegen und gelegentlich ins Wasser zu steigen, hatte schon einiges für sich. Dies war der erste Urlaub seit einer gefühlten Ewigkeit, den die Hunters nicht mit ihren Söhnen Harry und William verbrachten. Seitdem sie ins Flugzeug Richtung Karibik gestiegen waren, hatte George noch nicht einmal an seinen Job gedacht. Das war ungewöhnlich. Normalerweise ließen ihm seine ungelösten Mordfälle keine Ruhe.

Audrey verbrachte den völlig verregneten Tag weitestgehend in ihrer Wohnung im West-End. Nach Sonnenuntergang würde Vanessa wieder zu ihr stoßen. Sie wollten sich dann gemeinsam ins Londoner Nachtleben stürzen. Hoffentlich plante der weibliche Vampir nicht, irgendwelchen Blödsinn zu machen, dachte sie. Nach den Erfahrungen mit Vladimir würde sie keine Prognose bezüglich des

Verhaltens von Vampiren mehr abgeben. Da sie selbst am folgenden Tag wieder in ihrem Job als Detective der Mordkommission anzutreten hatte, müsste sie sich beim Konsum von Alkohol zurückhalten. Das fiel ihr nicht immer ganz leicht, wenn sie nachts unterwegs war. Aber in dieser Nacht sollte sie ja ohnehin etwas von Vanessas Blut zu sich nehmen. Wenn die Wirkung auch nur ansatzweise so stark wäre wie bei Catherines Blut, bräuchte sie auch keinen Alkohol zu trinken, um in einen Rausch zu geraten. Das Vampirblut versetzte sie hoffentlich wieder in einen extrem euphorischen Zustand und würde ihre beunruhigenden Gedanken bezüglich ihrer Zukunft verjagen. Und sie hätte am nächsten Morgen noch nicht einmal einen Kater.

Wenige Minuten nach Sonnenuntergang klopfte es an Audreys Wohnungstür. Sie öffnete diese und wich überrascht einen Schritt zurück, als sie Vanessa erblickte. Diese hatte sich offensichtlich neue sexy Kleidung besorgt und dazu ein Makeup aufgelegt, welches einem den Atem nahm.

„Wow", war das einzige, was Audrey hervorbrachte.

Vanessa lächelte wissend und erwiderte: „Ich nehme das mal als Kompliment."

Vanessa ließ sicher viele Männerherzen höher schlagen, mit ihren grazilen Bewegungen, dem aufreizenden Schütteln ihrer pechschwarzen Haare, dem Duft ihrer weichen Haut und dem Leuchten ihrer blauen Augen.

„Du siehst umwerfend aus. Gibt es denn überhaupt keine hässlichen Vampire? Zumindest bei den weiblichen?"

„Nicht, dass ich wüsste. Wenn man mal von unserer natürlichen Blässe absieht, bekommt uns das Vampirdasein hervorragend. Wir müssen im Gegensatz zu den Menschen nicht auf unsere Figur achten. Da wir ja fast nur Blut zu uns nehmen, können wir unsere Figur, welche wir bei der Verwandlung hatten, problemlos über die Jahrhunderte halten. Du kannst dir ja sicher vorstellen, dass männliche Vampire keine fetten, hässlichen oder alten Frauen zu Vampiren verwandeln. Von daher ist es eigentlich auch keine Überraschung, dass fast alle weiblichen Vampire wahre Schönheiten sind und so jung aussehen. Das entspricht der natürlichen Selektion. Du würdest also auch gut zu uns passen, obwohl du schon auf die Dreißig zugehst. Es wird also langsam Zeit für dich", endete sie grinsend. Vanessa trug ein schwarzes Kleid mit einem atemberaubenden Dekollete. Sie schob langsam die Träger von ihren Schultern und das Kleid rutschte zu Boden. Audrey starrte sie nur an, war nicht in der Lage den Blick abzuwenden. Der BH aus roter Seide pushte Vanessas ohnehin schon beeindruckenden Brüste nach oben. Der Strapsgürtel und der Slip waren aus schwarzer Spitze, dazu trug Vanessa lange, schwarze

Nylonstrümpfe und rote Stilettos. Außer ihrer langen, schwarzen Mähne, ihren Wimpern und ihren Augenbrauen schien sie kein einziges Haar am Körper zu haben. Selbst auf den Armen konnte Audrey kein Haar erkennen.

„Meinst du, ich kann auch den Londoner Männern mit diesem Körper den Kopf verdrehen?", fragte Vanessa grinsend.

Audrey hatte sich wieder halbwegs gefasst und verdrängte die Tatsache, dass sie am liebsten Vanessa die restliche Kleidung vom Leib gerissen hätte und über sie hergefallen wäre. „Da gibt es überhaupt keinen Zweifel. Du könntest sicher jeden Mann in allen Teilen der Welt um den kleinen Finger wickeln." Und nicht nur jeden Mann, dachte sie insgeheim.

„Freut mich zu hören. Ich möchte nicht unnötig Gewalt anwenden, wenn ich nachher meinen Durst nach menschlichem Blut stille. Catherine sähe das sicher nicht so gern."

Audrey beschlich ein mulmiges Gefühl. Wurde sie denn von allen Vampiren magisch angezogen? Catherine war sie schon nach wenigen Augenblicken verfallen gewesen und auch zu Vladimir hatte sie sich körperlich hingezogen gefühlt und vom wilden Sex mit ihm geträumt. Und nun Vanessa. Das konnte doch nicht wahr sein. Was hatten Vampire nur an sich, dass sie die Kontrolle über ihre Libido ständig verlor? Gegenüber Menschen passierte ihr das sehr selten.

„Möchtest du jetzt etwas von meinem Blut?" Vanessa riss Audrey mit der Frage aus ihren verstörenden Gedanken.

„Äh, ja, wenn es für dich in Ordnung ist."

„Natürlich, dafür bin ich ja schließlich abkommandiert worden." Vanessa fuhr ihre Fangzähne aus und biss in ihr eigenes Handgelenk. Sie streckte es Audrey entgegen und diese führte es vorsichtig an ihren Mund und begann das Vampirblut in sich aufzunehmen. Schon nach wenigen Schlucken überkam Audrey eine Gier nach mehr, aber bevor sie noch eine größere Menge trinken konnte, stoppte Vanessa sie.

„Genug für heute. Wir wollen dich doch nicht süchtig machen."

Audrey fühlte sich wie benebelt und ehe sie so richtig wusste, was sie tat, öffnete sie Vanessas BH und schob ihre Hände auf Vanessas Titten. Sie spürte die kleinen, harten Nippel und massierte sanft Vanessas Busen. Sie schaute auf Vanessas weiche, blutrote Lippen, lehnte sich vor und wollte den Vampir einen Kuss auf den Mund setzen.

„Stopp", rief eine entgeistert drein blickende Vanessa. „Was fällt dir ein? Willst du mich umbringen? Du bist schließlich die Freundin der Königin. Wenn Catherine denkt, dass ich dich verführen wollte, wird sie mich zum Frühstück verspeisen. Darauf kann ich getrost verzichten."

„Tut mir leid, das war meine Schuld. Dein Blut hat offensichtlich eine sehr starke Wirkung auf mich."

„Ganz offensichtlich. Wir müssen zukünftig vorsichtiger sein." Vanessa verdrehte die Augen und legte ihre Kleidung wieder an. Und fragte sich nun ernsthaft, ob sie tatsächlich in der Lage sein würde, mit Audrey drei Wochen zu verbringen, ohne dass ein Unglück geschehen würde. Mit allem hatte sie gerechnet, aber dass sie sich die Freundin der Königin vom Leib halten musste, sicher nicht. Na ja, sie hätte vielleicht ihren eigenen makellosen Körper nicht so zur Schau stellen müssen. Aber wer konnte denn ahnen, dass Audrey so schnell geil würde? „Es ist vielleicht besser, wenn wir heute Nacht nicht mehr ausgehen. Du musst dich erst noch an mein Blut gewöhnen. Wir sollten kein unnötiges Risiko eingehen. Wer weiß, was du tun wirst, wenn wir unter vielen Menschen sind. Die Wirkung des Vampirbluts lässt sich nicht immer genau vorhersagen. Bei dir wurde ganz offensichtlich dein sexueller Appetit angeregt. Wenn sich das in den nächsten Tagen nicht ändert, werde ich mich mit Catherine in Verbindung setzen müssen. Sie muss dann entscheiden, ob du weiterhin von meinem Blut trinken darfst."

„Bitte erzähle Catherine nichts davon", erwiderte eine kleinlaute Audrey. „Es tut mir so leid, Vanessa. Ich wollte dich wirklich nicht in solch eine peinliche Situation bringen." Wenn sie verlegen wurde, spielte Audrey häufig mit einer Strähne ihres blonden Haares, das ihr glatt bis auf die Schultern fiel. Auch diesmal ertappte sie sich dabei und unterbrach die

Bewegung unmittelbar, als sie bemerkte, wie Vanessa sie dabei beobachtete.

„Ich habe mich auch ziemlich dumm verhalten, hätte daran denken müssen, welche unwiderstehliche Anziehung wir auf Menschen ausüben. Aber das darf sich auf keinen Fall wiederholen."

„Natürlich nicht." Audrey war es zwar peinlich, dass sie Vanessa an die Titten gefasst hatte, aber ihr war auch klar, dass sie bis zum Äußersten gegangen wäre, wenn sie nicht von dem Vampir brüsk gestoppt worden wäre. Am liebsten hätte sie Vanessa ins Bett gezerrt und noch mehr von ihrem Blut getrunken. Was war nur mit ihr los? Sollten ihre Gedanken nicht eigentlich bei Catherine sein? Schließlich liebten sie sich. Oder lag es doch nur daran, dass Catherine sie manipuliert hatte? Ihre Gefühle fuhren mal wieder Achterbahn. Aber einen schöneren Körper als den von Vanessa hatte sie auch noch nicht gesehen. Vielleicht war es ja die Absicht von Catherine gewesen, die Zweifel bei Audrey zu mehren, da die Königin selbst auch Angst vor der Verwandlung der Polizistin spürte. Wer wusste schon, was in Catherines Kopf vor sich ging. Audrey jedenfalls nicht!

6. Oktober

Kurz nach zwei Uhr begab sich Audrey todmüde ins Bett und fiel nach wenigen Minuten in einen unruhigen, aber doch festen Schlaf. Die Träume schwammen an ihr vorbei wie Papierschnitzel in einem reißenden Fluss. Vanessa wartete noch eine halbe Stunde, um sicher zu sein, dass Audrey durchschlafen würde, und begab sich dann ins *Princess of Darkness*. Nach dem Schrecken, den ihr die Polizistin eingejagt hatte, brauchte sie etwas Zerstreuung und am besten auch noch einen großen Schluck frischen Menschenblutes. Was war nur mit den Sterblichen los, dass sie meist schon nach wenigen Schlucken Vampirblut derart ihre Kontrolle verloren? Im *PoD* setzte sie sich an die Theke und winkte Paulie zu sich.

„Hi, Vanessa. Du siehst toll aus. Wo hast du diesen geilen Fummel her? Warst du auf Shopping-Tour?"

Vanessa zeigte ihr breitestes Lächeln, antwortete aber nicht auf die Frage. Stattdessen erwiderte sie: „Ich habe schrecklichen Durst. Kann ich mich hier im Club bei einem der Menschen bedienen oder gehören die alle zu Vampiren? Ich möchte natürlich keinen Ärger mit den einheimischen Vampiren bekommen."

„Siehst du die beiden blonden Burschen am Ende der Theke? Das sind Touristen aus Deutschland. Bei denen kannst du ohne Gefahr zulangen."

„Einer reicht mir. Nimmst du den anderen oder kannst du dich nicht ein paar Minuten von der Theke entfernen?"

„Das geht schon. Freddie, übernimm du bitte mal für eine halbe Stunde!" Der angesprochene Freddie nickte nur zur Bestätigung. Er war es gewöhnt, dass Paulie seinen Dienst hinter der Theke nicht besonders ernst nahm und regelmäßig verschwand. Entweder um Mädels flach zu legen oder um sich zu nähren. Manchmal verband er auch beides miteinander.

Vanessa und Paulie begaben sich zu den deutschen Touristen, nährten sich von ihnen und löschten anschließend deren Erinnerung an den Abend. Mehr als zwei kleine Einstichpunkte würden sie bei den Menschen nicht hinterlassen. Anschließend ging es für die beiden Vampire wieder in Paulies Sarg zur Sache. Daran könnte sie sich gewöhnen, dachte Vanessa. Seit langer Zeit fühlte sie sich mal wieder so richtig wohl. Die Reise nach London schien sich zu lohnen.

„Hallo, Jimmy", begrüßte Juan seinen Kumpel in der Cocktailbar *Dark Mansion* in Manhattan. Die letzten Jahrzehnte hatte Cole das Etablissement geführt. Die Bar diente auch als Treffpunkt der New Yorker Vampire. Die meisten Gäste waren aber

Menschen, da Cole nicht zu viele Vampire auf einem Haufen sehen wollte.

Jimmy betrachtete den zwei Meter großen Vampir, der wie immer einen markanten Dreitagebart zu seinen dunkelbraunen Haaren trug. Für einen vierhundert Jahre alten Vampir sah er richtig gut aus. „Hi, Juan. Hast du schon die News von Cole gehört? Er hat New York zusammen mit Sally den Rücken gekehrt und offenbar nur einen Brief hinterlassen, in dem er seinen Rücktritt bekannt gibt. Das erinnert ja stark an das Verschwinden von Sangus. Ich verstehe diese alten Kerle nicht mehr. Warum können sie ihr Ausscheiden ihren Untertanen nicht persönlich mitteilen und schreiben stattdessen Briefe? Sind die zu feige, oder was?"

„Keine Ahnung, Jimmy", antwortete Juan wider besserem Wissens. „Wie geht es denn jetzt weiter? Beruft Frankie eine Versammlung ein? Er war ja immerhin der Stellvertreter von Cole."

„Ich treffe mich nachher noch mit Frankie. Mal hören, was er so denkt. Willst du denn die Nachfolge von Cole antreten und die New Yorker Vampire zukünftig anführen, Juan?"

„Nur, wenn ich gefragt werde. Aufdrängen tue ich mich aber nicht."

„Nicht so bescheiden, mein alter Freund. Du bist schließlich der Bruder der Königin und einer der mächtigsten Vampire in New York. Wer sollte es denn sonst machen?"

„Wir werden sehen. Lass uns morgen wieder hier treffen. Dann hast du auch schon mit Frankie gesprochen und kannst mich updaten."

„Alles klar, Juan. Dann bis morgen", verabschiedete sich Jimmy von Catherines Bruder.

Juan verließ zufrieden einige Minuten später das *Dark Mansion*. Offensichtlich hatte tatsächlich noch niemand Verdacht geschöpft, dass Cole und Sally New York nicht freiwillig verlassen hatten. Was für Deppen, dachte er.

Gegen acht Uhr morgens wurde Audrey durch ihren Wecker unsanft aus dem Schlaf gerissen. Sie fühlte sich trotzdem überraschend munter und voller Elan. Das lag wahrscheinlich an Vanessas Blut, welches sie am letzten Abend getrunken hatte. Die Polizistin brachte ihre alltägliche Morgenroutine hinter sich und machte sich Richtung Tower Bridge auf. Das unscheinbare Gebäude der Mordkommission befand sich dort in unmittelbarer Nähe.

„Weaver", schrie Inspektor Monroe, als er Audrey im Polizeirevier erblickte. Während des Urlaubs von George Hunter verteilte Monroe die neuen Mordfälle an die Detectives. Audrey schlich in Monroes Büro. Dort erklärte ihr der Inspektor, dass bei einem Mord in Cardiff, der sich letzte Nacht ereignet hatte, auffällige Gemeinsamkeiten zu einem ungelösten Londoner Fall existierten. Sie solle sich sofort nach Cardiff begeben und dort die walisischen Kollegen unterstützen. Zumindest solange, bis zweifelsfrei geklärt war, ob es sich tatsächlich um denselben Täter handelte.

„Brechen Sie am besten so schnell wie möglich auf. Sie fahren mit dem Zug. Dann sind Sie in knapp drei Stunden in Cardiff. Setzen Sie sich dort bitte mit dem leitendenden Detective Carter in Verbindung. Er wird mit Ihnen die Details durchgehen. Hier sind schon einmal unsere Akten zu den fraglichen Londoner Morden. Sie können sie im Zug studieren. Noch irgendwelche Fragen, Weaver?"

„Nein, Sir. Ich hole mir nur noch Kleidung zum Wechseln und dann setze ich mich in den nächsten Zug Richtung Cardiff. Melde mich dann telefonisch, sobald ich Neuigkeiten für Sie habe, Inspektor."

„Viel Erfolg und eine gute Reise. Zeigen Sie den Kollegen aus Wales mal, was die Londoner Polizei so alles auf dem Kasten hat", verabschiedete Monroe sie mit seinem typisch überheblichen Grinsen.

Audrey fuhr zurück zu ihrer Wohnung und packte schnell einen kleinen Koffer mit den wichtigsten Reiseutensilien. Bevor Sie die Wohnung Richtung Bahnhof verließ, sendete sie noch eine Textnachricht an Vanessa: „Ich muss für einige Tage beruflich nach Cardiff. Ich bin dort im *Best Western Maldron* Hotel untergebracht. Weiß nicht, ob dein Auftrag auch die Begleitung in eine andere Stadt beinhaltet. Falls ja, sehen wir uns heute Nacht." Audrey war ganz froh, dass ihr ein neuer Fall in die Hand gedrückt wurde. So konnte sie sich ganz auf die Arbeit konzentrieren und müsste sich keine Gedanken über ihre verwirrenden Gefühle zu diversen Vampiren machen. Sie fuhr erster Klasse und in ihrem Waggon saßen neben ihr nur noch eine Handvoll Leute. Damit hatte sie die nötige Ruhe, die sie brauchte und konnte intensiv die Fallakten studieren, die ihr Monroe mit auf dem Weg gegeben hatte.

Vor einigen Monaten waren innerhalb weniger Tage in Londoner Hotels zwei weibliche Leichen gefunden worden. Bei beiden Opfern handelte es sich um erotische Tänzerinnen, die sich in den beliebtesten Londoner Striptease-Bars auszogen. Der erste Todesfall wurde zu Beginn nur stiefmütterlich behandelt, weil der zuständige Detective von einem Unfall bei gewagten Sex-Spielchen ausgegangen war. Äußerlich waren am Opfer nämlich keine Spuren von Gewalteinwirkung sichtbar gewesen. Das Zimmermädchen fand die Leiche mit Handschellen, die man im gut sortierten Erotik-Handel erwerben konnte, ans Bett gekettet. Als Todesursache wurde Herzversagen festgestellt. Als aber drei Nächte später eine weitere Leiche entdeckt wurde, nahm die Mordkommission umfangreichere Ermittlungen auf, allerdings – zumindest bis zu diesem Tag – ohne nennenswerte Ergebnisse. Da in ihrem Blut – neben verschiedene Designerdrogen – auch noch Blausäure nachgewiesen werden konnte, war man aber ziemlich sicher, dass es sich um Mord handelte.

Kurz nach vierzehn Uhr traf Audrey am Hauptbahnhof in Cardiff ein. Dass sie im *Best Western Maldron* einquartiert war, hatte zwei Vorteile. Zum einen befand sich das Hotel nur drei Minuten vom Bahnhof entfernt und zum anderen handelte es sich bei dem Hotel auch um den Tatort. Sie bekam ein Zimmer in der neunten Etage. Der Raum entsprach dem gewohnten Komfort, den man von dieser Hotelkette erwarten durfte. Er enthielt unter anderem ein Queensize-Bett, Air-Condition, einen Flatscreen-TV, einen Schreibtisch, eine Minibar, zwei Sessel und kostenloses W-LAN. Die Möbel schienen noch relativ neu zu sein. Sie konnte durch das große Fenster direkt einen Blick auf den Hauptbahnhof und das Millenium Stadium werfen, welches Ende des letzten Jahrtausends eingeweiht worden war und mehr als 74.000 Zuschauern Platz bot. In erster Linie wurde dort Rugby gespielt und die Megastars der Musikszene, die ein solches Stadion füllen konnten, traten dort auf. Beispielsweise hatte Madonna das Stadion vor einigen Jahren an drei aufeinanderfolgenden Tagen ausverkauft. Es wehte ein kalter Nordwind. Sie öffnete das Fenster, um die stickige Luft, die im Zimmer herrschte, zu vertreiben und ließ die Gardinen aufblähen. Audrey nahm noch eine kurze

Dusche, bevor sie sich mit Detective Carter in Verbindung setzte.

„Hier Carter", meldete der Waliser sich am Telefon.

„Hallo, hier spricht Detective Weaver von der Londoner Polizei. Mein Boss Inspektor Monroe bat mich darum, mit Ihnen Kontakt aufzunehmen. Ich bin soeben in Cardiff eingetroffen."

„Sehr gut, dass Sie hier sind. Sind Sie schon im Hotel?"

„Ja, gerade eingecheckt."

„Wir treffen uns in fünfzehn Minuten in der Lobby. Dann zeige ich Ihnen den Tatort und wir besprechen die Vorgehensweise."

„Dann bis gleich."

Audrey und Carter schüttelten sich in der Lobby des Hotels die Hände. Der walisische Polizist lächelte Audrey freundlich an. Ganz offensichtlich begrüßte er die Unterstützung aus London. Allzu viele komplizierte Mordfälle dürfte es hier auch nicht geben, vermutete sie.

„Hallo, Detective Weaver. Nochmals herzlich willkommen in Cardiff. Hoffe, Sie sind nicht umsonst hierher gefahren und es handelt sich tatsächlich um den gleichen Täter. Aber die Datenbankabfragen, die wir vorgenommen haben, führten uns direkt zu zwei unaufgeklärten Morden in London. Ist schon eine tolle Sache, dass wir mittlerweile alle wichtigen Infos zu Straftaten digitalisiert und eine zentrale Datenbank zur Verfügung haben. Somit können wir im Prinzip Gemeinsamkeiten zu allen anderen Fällen in ganz Großbritannien suchen. Dafür nutzen wir moderne Datamining Algorithmen. Das wäre ja vor einigen Jahren noch undenkbar gewesen. Gehen wir am besten als erstes in den Raum, wo die Leiche vom Zimmermädchen gefunden wurde." Sie nahmen die Treppe. Zum Glück befand sich der Tatort im zweiten Stock, dachte Audrey. Große Lust aufs Treppensteigen verspürte sie nicht.

„Alle Gäste der gesamten Etage sind mittlerweile in andere Zimmer umquartiert worden. Somit haben wir hier erst mal unsere Ruhe. Ist ja zum Glück Nebensaison, so dass nicht das gesamte Hotel ausgebucht ist", informierte Carter.

Sie betraten den Tatort und Audrey schaute sich den Raum genau an. Im Prinzip die identische Ausstattung, wie in dem Zimmer, wo sie selbst abgestiegen war. Die Leiche war natürlich längst zur Autopsie gebracht worden. Ansonsten waren nach Auskunft von Maddox Carter keine Veränderungen vorgenommen worden. Die Handschellen waren noch am Bett befestigt. Audrey erkannte die Handschellen sofort wieder. Zum einen aus den Londoner Tatortfotos und zum anderen hatte sie selbst schon einige Mal Fesselspielchen mit diesem Typ Handschellen durchgeführt. Es handelte sich um silberfarbene Handschellen aus der *Shades of Grey Pleasure Collection*. Mit ziemlicher Sicherheit ein absoluter Verkaufsschlager, so dass sich nicht ermitteln lassen würde, wo der Täter die Handschellen erworben hatte.

„Haben Sie denn schon irgendetwas finden können, was auf den Täter hinweist, Detective Carter?"

„Noch nicht. Nennen Sie mich doch bitte Maddox. Die Kollegen werten aber in diesem Moment bereits die Überwachungskameras des Hotels sowie alle anderen Kameras, die in der *St. Mary Street* im Einsatz sind, aus. Mit ein bisschen Glück lassen sich Bilder finden, in denen *Black Rose* – so war der Künstlername des Opfers – zusammen mit ihrem Peiniger zu sehen ist. Es wäre nicht das erste Mal, dass wir von den Überwachungskameras profitieren. Auch für Mörder wird es immer schwieriger, unentdeckt zu bleiben. Wir haben hier natürlich nicht so eine Kameradichte wie in London, aber in der City von Cardiff sind glücklicherweise doch einige Kameras im Einsatz."

„Wenn es sich tatsächlich um den gleichen Killer handelt, wie vor einigen Monaten in London, sollten wir nicht zu optimistisch sein. Dort ist er immerhin zweimal ungeschoren davon gekommen. Trotz Kameras." Und den besten Polizisten auf dem Planeten, fügte Audrey in Gedanken hinzu. Es gab nur sehr wenige Mordfälle, die nicht aufgeklärt wurden. Umso erstaunlicher, dass die Kollegen aus Cardiff eine mögliche Übereinstimmung gefunden hatten.

„Malen Sie den Teufel nicht an die Wand. Verwertbare Spuren im Hotelzimmer werden wir sicher nicht finden."

„Wer hatte denn das Zimmer gebucht, Maddox?"

„Das ist ja das Erstaunliche. Reserviert wurde das Zimmer vom Opfer selbst. Und das bereits sieben Tage vor ihrem Tod. Also wollte sie sich hier offensichtlich mit jemandem treffen. Laut Auskunft des Hotelpersonals war sie sogar Stammgast. Mindestens einmal im Monat quartierte sie sich hier ein und das schon seit mehr als einem Jahr. Allerdings konnte sich bisher niemand vom Personal daran erinnern, dass sie jemals in Begleitung gewesen wäre."

„Dann brauchen wir die Überwachungsbänder von den übrigen Nächten, in denen sie hier abgestiegen ist."

„Das geht leider nicht. Die Bänder werden nach wenigen Wochen aus Gründen des Datenschutzes gelöscht. Wenn wir Glück haben, bekommen wir höchstens noch von einer weiteren relevanten Nacht Bilder."

„Vielleicht reicht das ja schon. Wir brauchen ja nur eine Übereinstimmung zu einer männlichen Person, die in beiden Nächten im Hotel gewesen ist. Das könnte dann unser Mann sein."

„Wie kommen Sie denn darauf, dass es sich beim Täter um einen Mann handelt? Es deutet nichts auf Vergewaltigung hin oder auf etwas anderes, was einen weiblichen Täter von vornerein ausschließen würde."

„Sie haben natürlich vollkommen Recht. Das war ein zu schnelles Urteil von mir. Wenn ich ehrlich bin, könnte es in London auch eine Mörderin gewesen sein. Es gab einfach zu wenig verwertbare und aussagekräftige Beweise, um ein Täterprofil zu erstellen. Haben Sie ein Handy beim Opfer gefunden?"

„Nein, das muss der Mörder mitgenommen haben. Wir sind aber bereits mit der Telefongesellschaft in Verbindung getreten, bei der die Tote einen Handyvertrag besaß. Sie schicken uns so schnell wie möglich alle Informationen zu, die wir nutzen dürfen. Unter Umständen lässt sich aus den Verbindungsnachweisen etwas ablesen."

„Wenn *Black Rose* sich hier mit jemandem treffen wollte, besteht zumindest eine vage Aussicht darauf, dass die beiden vorher telefoniert haben. Hoffen wir mal das Beste. Wurde denn die Wohnung des Opfers schon durchsucht? Haben Sie dort einen Laptop oder ein Tablet gefunden? Vielleicht haben sie ja auch per Email oder Skype kommuniziert und es befinden sich noch Kommunikationsfetzen auf dem Rechner."

„Ist alles ins Revier geschafft worden. Die Techniker sind bereits dran. Ich wollte Ihnen nur zuerst den Tatort zeigen, bevor wir die Ermittlungen gemeinsam vorantreiben. Was denken Sie? Besteht die Möglichkeit, dass es sich um denselben Mörder handelt wie seinerzeit in London?"

„Das kann ich noch nicht mit Sicherheit sagen. Der Modus Operandi und die Herkunft der Opfer weisen aber unverkennbar große Gemeinsamkeiten auf. Das lässt sich nicht leugnen."

Nachdem sie das Hotel verlassen hatten, gingen sie ins Polizeihauptquartier, welches sie in nur fünfzehn Minuten zu Fuß erreichten. Es lag zwischen *Bute Park* und dem Nationalmuseum. Auf dem Weg dorthin wurde Audrey von Carter auf das *Playhouse* hingewiesen, wo *Black Rose* gearbeitet hatte. Ein Traum, dachte Audrey, hier liegt ja alles dicht beieinander. Da würde man viel Zeit bei den Untersuchungen sparen können. Im Revier stellte Carter sie den Kollegen vor, mit denen sie zusammen an dem Fall arbeiten würden. Neben den Kollegen aus der Kriminaltechnik und dem Pathologen waren dies Dylan Morris und Jennifer Jenkins. Morris sah sich gerade in einem separaten, fensterlosen Raum die Überwachungsvideos an, während Jenkins im tristen Großraumbüro die Zeugenaussagen der Hotelgäste und des Personals in den Rechner eingab. Carter und Audrey gingen zu Morris und erkundigten sich, ob er schon etwas Interessantes auf den Überwachungsbändern entdeckt hätte. Seine Blicke wanderten gemächlich von Carter zu Audrey. Er verzog den Mund zu einem frustrierten Lächeln.

„Die Aufnahmen aus dem *Best Western* habe ich mir intensiv angesehen. Darauf lässt sich leider nichts Verdächtiges erkennen", erzählte Morris. „Als nächstes schaue ich mir die Bilder aus der unmittelbaren Nachbarschaft an. Das wird allerdings einige Stunden dauern, fürchte ich."

„Viel Glück", erwiderte Audrey. Große Hoffnung hatte sie allerdings auch nicht gehabt, dass der Täter sich so einfach entdecken ließe. Carter blickte nach dem Gespräch mit Morris deutlich mürrischer drein als zuvor. So als ob er tatsächlich erwartet hätte, dass sie schnell Fortschritte bei der Aufklärung des Mordfalles erzielen könnten. Ein bisschen mehr Geduld war schon angebracht, als ihr walisischer Kollege aufbrachte, dachte Audrey. Vielleicht hatte Monroe ja doch Recht und sie könnte hier tatsächlich von größerem Nutzen sein.

Carter und Audrey stiegen die Treppen zum Keller herunter, um mit dem Pathologen zu sprechen. Dieser hatte als Todesursache akutes Herzversagen festgestellt, genau wie bei den Londoner Todesfällen. Der toxikologische Befund stand noch aus. Ein Herzstillstand konnte viele Ursachen haben. Eine Überdosis von Drogen, die *Black Rose* regelmäßig konsumiert hatte, war genauso wenig auszuschließen wie eine Vergiftung, berichtete der Pathologe. Bis zum nächsten Tag müssten sie sich noch gedulden, bevor eine definitive Aussage getroffen werden konnte. Enttäuscht verließen sie die Pathologie. Carter meinte: „Gehen Sie am besten erst einmal ins Hotel und ruhen Sie sich noch einige Stunden aus. Wir treffen uns dann um zweiundzwanzig Uhr direkt vor dem *Playhouse*, um dort die Tänzerinnen und Gäste zu befragen."

„Ok, Maddox. Bis später", erwiderte Audrey. Sie war ganz froh, dass sie einige Stunden allein sein konnte, um sich den Fall in Ruhe durch den Kopf gehen zu lassen, bevor sie mit den Befragungen möglicher Zeugen begannen.

Vanessa, die den Tag größtenteils wieder in Paulies geräumigem Sarg verbracht hatte, griff zu ihrem Smartphone und fluchte laut vor sich hin, als sie die Nachricht von Audrey entdeckte.

„Was ist denn los?", meldete sich Paulie erstaunt zu Wort.

„Ich muss sofort weg, habe noch etwas für Catherine zu erledigen."

„Und wann kommst du zurück? Habe mich gerade erst an deine Gesellschaft gewöhnt."

„Weiß noch nicht. Denke, in ein paar Tagen bin ich wieder in London."

„Wo willst du denn hin?"

„Das darf ich dir leider nicht sagen. Ist mein erster Auftrag für Catherine und sie hat mich gebeten, nichts auszuplaudern. Also nimm es bitte nicht persönlich."

„Na gut, wenn die Königin das so wünscht. Du kommst aber zurück, oder?"

„Darauf kannst du wetten." Vanessa gefiel es in London. Vielleicht sollte sie Catherine tatsächlich mal fragen, ob sie hierher übersiedeln und Transsilvanien verlassen dürfte.

Punkt zweiundzwanzig Uhr traf Carter am *Playhouse* ein. Dunkle Wolken trieben dahin, ließen ab und an den Mond sehen und schoben sich dann wieder vor ihn. Ein Donnergrollen war in weiter Ferne zu hören. Audrey wartete schon einige Minuten, ihr Hotel befand sich ja fast in unmittelbarer Nähe. „Hallo, Maddox", begrüßte sie den Waliser. „Kennen Sie den Laden eigentlich gut?"

„Na ja, wir sind natürlich ab und zu mal hier und schauen nach dem Rechten. In Cardiff existieren nur drei namhafte Gentlemen's Clubs. Normalerweise schicken wir aber unsere jüngeren Kollegen vorbei. Die haben mehr Spaß daran den Girls bei der Show zuzusehen. Und größere Probleme hat es in den letzten Jahren eigentlich nicht gegeben. Natürlich möchte nicht jeder Tourist seine astronomische Rechnung bezahlen, aber brutale Gewalt oder Drogenexzesse gibt es hier nur selten."

Die Offenheit von Carter fand Audrey erfrischend, im Gegensatz zu seinem sonstigen eher grobschlächtigen Verhalten. Sie schätzte Carter auf Mitte Dreißig. Das heißt, so richtig alt war er auch noch nicht. Aber die meisten Tänzerinnen dürften zwischen achtzehn und fünfundzwanzig Jahre alt sein. Das Mordopfer *Black Rose* gab auch schon mit dreiundzwanzig den Löffel ab. Während sie im Club auf den Geschäftsführer warteten, schaute sich die Londoner Polizistin ein bisschen um. Sie sah einen typischen Gentlemen's Club, in dem es eine Showbühne mit der obligatorischen Stange gab sowie fünfzehn VIP Lounges, in denen sich die Gäste von einzelnen Girls entertainen lassen konnten. Die Getränkepreise lagen im üblichen Rahmen, einige Hundert Pfund musste Mann für eine Flasche Champagner schon auf den Tisch legen. Aber in dem Preis war ja meist auch die weibliche „Bespielung" enthalten. Für einen Lapdance oder weiteren körperlichen Kontakt musste natürlich extra bezahlt werden. Alles in allem machte der Club auf Audrey einen recht seriösen Eindruck. Da ja gerade erst geöffnet wurde, hielten sich nur fünf leicht bekleidete Girls in Sichtweite auf und die Showbühne war noch leer. Nur die Musik schallte bereits lautstark durch den Raum. In ein oder zwei Stunden würde das schon ganz anders aussehen, wie sie aus Erfahrung wusste. Ein attraktiver Mann im Anzug, mit einer modernen Kurzhaarfrisur ausgestattet, näherte sich gemächlichen Schrittes. Er setzte ein breites Lächeln auf, als er Carter entdeckte.

„Hallo, Maddox. Dich habe ich ja hier schon eine Ewigkeit nicht mehr gesehen. Wer ist denn deine hübsche Freundin? Bringst du mir eine neue sexy Tänzerin?", begrüßte er die beiden Polizisten.

„Hi, Mike. Dies ist Detective Weaver aus London. Sie unterstützt uns bei einem Fall."

„Willkommen, Detective. Mein Name ist Mike Foster. Ich bin hier der Geschäftsführer. Wir haben leider keine männlichen Tänzer im Einsatz. Ich hoffe, es gefällt Ihnen trotzdem ein bisschen im *Playhouse*."

„Danke", erwiderte Audrey nur. Mike wirkte auf sie sehr entspannt. Er hatte sich bestimmt ein paar Pillen eingeworfen, schloss sie aus den erweiterten Pupillen. Aber Mike war an diesem Abend nur eine Person, die befragt werden sollte. Sie wusste außerdem nichts über die Drogenpolitik in Cardiff. Eigentlich vertrat sie eine sehr tolerante Haltung gegenüber Drogenkonsum. Ihr selbst genügte meist der Alkohol. Erst seit einigen Wochen, seitdem Catherine sich ihr gegenüber als Vampir geoutet hatte, kam jetzt noch das Vampirblut hinzu, welches sogar eine noch stärkere Wirkung besaß, als die meisten Designerdrogen. Vladimir und der ehemalige Geschäftsführer vom *PoD* Carl Decker hatten Vampirblut unter dem Namen *Bloody C* unter die Menschen gebracht und einen schönen Profit eingefahren. Jetzt waren beide tot und in London wurde kein Vampirblut mehr verkauft. Audrey wusste allerdings nicht, dass Vladimir als Drogendealer tätig gewesen war.

„Wir sind wegen *Black Rose* hier. Müssen deine Tänzerinnen und Barkeeper befragen. Das verstehst du sicher, Mike." Carter schien fast freundschaftlich mit Foster umzugehen, bemerkte Audrey. Sie waren in etwa demselben Alter. Wahrscheinlich kannten sie

49

sich von klein auf. Vielleicht besaß Carter mehr Freunde außerhalb als innerhalb der Polizei.

„Natürlich, Maddox. Wäre dir sehr dankbar, wenn du bis Mitternacht mit den Befragungen fertig sein könntest. Danach wird es hier brechend voll und die Mädels müssen sich um die Gäste kümmern. Und Polizisten könnten auch einige der Kunden abschrecken."

„Wir bemühen uns. Können wir die Befragungen in deinem Büro durchführen? Dort ist es nicht so laut."

„Klar. Ich habe gerade auch ein paar Minuten Zeit für euch. Also, lasst uns rüber gehen."

Mike und die beiden Polizisten schlenderten in das Büro des Geschäftsführers. Nachdem die Tür geschlossen war, konnten sie kaum noch etwas aus dem öffentlichen Bereich hören. Der Raum schien schallisoliert zu sein und die Stille wirkte fast gespenstisch auf Audrey.

„Was kannst du uns über *Black Rose* erzählen? Hatte sie beispielsweise einen festen Freund?", begann Carter. Audrey wollte sich erst einmal zurückhalten und überließ ihrem Kollegen die Gesprächsführung.

„Katharina, so hieß sie im normalen Leben, arbeitete seit fast zwei Jahren bei uns. Sie kam direkt aus St. Petersburg nach Cardiff. Ihre beste Freundin unter den Tänzerinnen war Irina. Ich schicke sie nach unserem Gespräch dann gleich als erstes zu euch. Soweit ich informiert bin, hatte Katharina eine

Reihe von Stammkunden. Von einem festen Freund weiß ich allerdings nichts. Der würde sicher auch nicht in unserem Club verkehren. Ist ja für viele Männer schon schwer genug zu verkraften, wenn sich die Freundin für andere Männer auszieht oder einen Lapdance durchzieht. Zusehen will da sicher niemand von den Freunden der Mädels."

Audrey schaute überrascht, wie nüchtern und klar Mike die Dinge sah. Er zeigte sich kooperativ und ließ kein falsches Mitgefühl durchklingen, dass eine seiner Tänzerinnen nun tot war. Wenn sie etwas für Männer empfinden würde, wäre das genau der Typ Mann, der ihr gefallen könnte. Nahm sich selbst nicht so wichtig, ganz im Gegensatz zu ihrem Kollegen Carter, der ihr allmählich auf die Nerven ging.

„Gab es denn ansonsten irgendwelche Probleme, die Katharina in letzter Zeit hatte? Irgendeine Idee, wer sie umgebracht haben könnte?", hakte Carter nach.

„Nicht die leiseste Vermutung. Leider!", antwortete Foster und Audrey hegte nicht den geringsten Zweifel, dass dieser die Wahrheit sagte. Mike machte fast den Eindruck, als ob er darüber noch keine einzige Sekunde nachgedacht hätte, weil es ihm offenbar absurd erschien, dass er den Täter kennen könnte.

„Ok, danke. Schick uns dann bitte mal Irina rein", beendete Detective Carter die Befragung mit dem Geschäftsführer.

„Alles klar. Und richte bitte dem guten Morris von mir herzliche Grüße aus. Der Bursche war auch schon länger nicht mehr hier. Er soll mal wieder reinschauen und nicht mit Trinkgeld geizen. Er ist mir noch was schuldig", warf Foster ein, bevor er den Raum verließ.

„Woher kennen Sie Foster?", fragte Audrey.

„Unsere Eltern sind seit Jahrzehnten die besten Freunde. Wir sind also praktisch zusammen aufgewachsen. Mike ist ein netter Bursche und hat noch niemals Ärger gemacht. Bevor er im *Playhouse* seinen Job als Geschäftsführer angetreten hat, war er ein sehr erfolgreicher Anwalt. Außerdem haben wir viele Jahre zusammen Fußball gespielt."

„Was bedeutete denn die Anspielung auf Morris?"

„Na ja, Dylan hatte sich vor einiger Zeit in eine Tänzerin verguckt und hat sie aus dem *Playhouse* rausgeholt. Darüber war Mike nicht so begeistert gewesen. Mittlerweile ist die Kleine sogar Dylans Frau. Wie ich höre, kriselt es aber ziemlich in der Ehe. Ein Polizist und eine heiße Striptease-Tänzerin. Das funktioniert doch nur im Film. Aber jedem das seine. Morris muss selbst wissen, was er tut."

„Oh", war alles, was Audrey dazu einfiel.

Drei Minuten später erschien Irina in Fosters Büro. Sie erinnerte Audrey ein bisschen an Vanessa. Ein jugendliches Gesicht, lange schwarze Haare und ein umwerfender Körper mit den weiblichen Rundungen genau an den richtigen Stellen. Sie trug nur ein knappes Bikini-Oberteil und Shorts, so dass man ihre zahlreichen Tattoos bewundern konnte. Sie dürfte bestimmt nicht älter als zwanzig sein, vermutete die Londoner Polizistin. So jung wäre sie auch gerne noch einmal. Sie könnte verstehen, wenn Männer eine Stange Geld im *Playhouse* lassen würden, um etwas Körperkontakt mit Irina zu bekommen oder sie einfach nur nackt sehen zu können. Aber das war jetzt nicht das Thema.

„Mike meinte, sie wollen mich sprechen", begann die russische Tänzerin das Gespräch. Den russischen Akzent fand Audrey - wie bei fast allen Frauen aus Osteuropa - ziemlich sexy. Irina wirkte sichtlich niedergeschlagen, was nicht erstaunte, da sie ja eine enge Freundin von Katharina gewesen sein soll.

„Hallo, Irina. Ich bin Detective Maddox Carter und dies ist Detective Audrey Weaver von der Londoner Kriminalpolizei. Wir untersuchen den Tod von Katharina. Mike hat uns erzählt, dass Sie eine enge Freundin von ihr waren. Herzliches Beileid zu Ihrem Verlust."

„Danke. Warum arbeitet denn jemand aus London an dem Fall?", fragte Irina sichtlich verwirrt.

„Das ist jetzt nicht so wichtig", erwiderte Carter unwirsch. Er strahlte gegenüber der jungen Frau unübersehbar eine gewisse Feindseligkeit aus. „Können Sie uns irgendetwas über Katharinas Privatleben erzählen?"

„Was wollen Sie denn wissen? Wir arbeiten sechs Nächte pro Woche im *Playhouse*. Da bleibt nicht viel Zeit für Privates."

„Ja, aber sie hatte doch bestimmt einen oder auch mehrere Liebhaber. So wie sie aussah, dürften die Männer ja Schlange gestanden haben, um mit ihr zu schlafen." Audrey schüttelte unmerklich den Kopf. Von einer sensiblen Vorgehensweise gegenüber Zeugen schien ihr walisischer Kollege noch nichts gehört zu haben. Aber anscheinend war es Irina gewöhnt, dass sie oder die anderen Tänzerinnen nur als Sexobjekte angesehen wurden und ließ sich nicht anmerken, dass sie einige der Kommentare von Carter für unpassend hielt. Immerhin redeten sie über ein Mordopfer.

„Sie traf sich regelmäßig mit jemandem. Den Namen kenne ich allerdings nicht. Ich habe ihren Freund nur einmal kurz getroffen. Gewöhnlich trafen sie sich in einem Hotel. Ich vermute, dass der Mann verheiratet ist und sie sich deshalb nicht in unserem Haus gesehen haben." Wie sich herausstellte, waren Katharina und Irina nicht nur befreundet gewesen, sondern wohnten in demselben Haus, in dem es offenbar relativ preisgünstige Apartments zu mieten gab.

Um die Schärfe aus der Vernehmung wieder herauszunehmen führte Audrey die Befragung zu Ende: „Das hilft uns schon mal ein Stückchen weiter. Kommen Sie bitte morgen am Nachmittag ins Präsidium. Dann nehmen wir Ihre komplette

Aussage auf und ein Polizeizeichner wird zusammen mit Ihnen ein Phantombild des Freundes erstellen. Außerdem muss die Leiche noch offiziell identifiziert werden. Da wir bisher keine Familienangehörigen von Katharina ausfindig gemacht haben, wären Sie uns eine große Hilfe, wenn Sie dies übernehmen könnten."

„Ok, wurde Katharina denn misshandelt, bevor sie getötet wurde?"

„Zum Tathergang darf ich Ihnen leider nichts sagen, solange die Ermittlungen noch laufen. Ich hoffe, Sie verstehen das. Aber keine Angst, ihr Körper ist nicht entstellt, wenn es das ist, was Sie befürchten."

„Wenigstens etwas", antwortete Irina, nun mit Tränen in den Augen. Sie verließ das Büro und anschließend den Club. Mike Foster hatte ihr eine Woche frei gegeben. So viel Menschlichkeit erstaunte Audrey. In den Londoner Striptease-Clubs wurde mit den Tänzerinnen anders umgegangen. Auch war dort das Verhältnis zwischen der Polizei und den Managern der Clubs längst nicht so entspannt wie in Cardiff.

Carter und Weaver führten noch eine Reihe von Befragungen durch. Viele Neuigkeiten erfuhren sie nicht. Zur Sicherheit luden sie neben Irina noch zwei weitere Tänzerinnen und einen Barkeeper für den nächsten Tag ins Präsidium vor, um noch ergänzende Details zu erfragen, die bei den ersten Gesprächen unter den Tisch gefallen sein könnten.

7. Oktober

Gegen halb eins traf Audrey wieder in ihrem Hotelzimmer ein. Sie wurde dort bereits von einer missgelaunten Vanessa erwartet. Diesmal trug sie keine aufreizende Kleidung, sondern ein weites, weißes T-Shirt mit *I love London*-Aufdruck und schwarze Jeans.

„Wo warst du denn so lange? Machen denn Polizisten niemals Feierabend? Ein bisschen Freizeit sollte sich doch jeder gönnen dürfen. Außerdem habe ich mich in den letzten beiden Stunden fast zu Tode gelangweilt."

„Wünsche dir auch einen schönen Abend, Vanessa. Wir haben polizeiliche Ermittlungen in einem Gentlemen's Club durchgeführt. Das geht leider nur am späten Abend, ansonsten würden wir dort ja keine Tänzerinnen oder Gäste antreffen."

„Hoffe, du hast die jungen Girls nicht zu genau unter die Lupe genommen." Diesen spitzen Kommentar konnte sich Vanessa nach den Erfahrungen der letzten Nacht einfach nicht verkneifen. Und zu ihrer Freude wurde die blonde Polizistin tatsächlich auch noch rot vor Scham. Wie süß, dachte Vanessa vergnügt. Um die Sache nicht noch mehr als nötig auszukosten, bot sie der Engländerin als Friedensangebot ihr Blut an. Doch Audrey lehnte dankend ab.

„Bist du wirklich sicher, dass du heute Nacht nichts möchtest?"

„Natürlich, ich muss bei der Mordermittlung klaren Kopf bewahren und das kann ich nicht, wenn ich weiterhin Vampirblut zu mir nehme."

„Das wird Catherine gar nicht gefallen. Sie hat klar zum Ausdruck gebracht, dass du jeden Tag von meinem magischen Blut trinkst."

„Jetzt ist dein Blut schon magisch? Du bist schon ein bisschen übergeschnappt, oder? Von mir erfährt sie es nicht. Liegt also an dir, ob du die Königin informierst. Denke, dass ich hier in Cardiff sowieso keiner großen Gefahr ausgesetzt bin. Wenn du also möchtest, kannst du dir auch ein paar schöne Tage in London gönnen und mich hier allein meine Arbeit erledigen lassen."

„Bist du irre? Anscheinend kennst du Catherine längst nicht so gut wie ich. Wenn sie eines nicht ausstehen kann, ist es Befehlsverweigerung. Und was anderes wäre es ja im Prinzip nicht, wenn ich dich hier allein zurück lassen würde, obwohl meine Aufgabe es ist, dich zu beschützen."

„Mach doch, was du willst. Ich gehe jetzt schlafen. Breche schon um acht Uhr morgens zur ersten Lagebesprechung ins Revier auf. Der leitende Detective, mit dem ich zusammenarbeite, scheint ein Frühaufsteher zu sein. Außerdem geht er mir gehörig auf die Nerven."

„Lass deine schlechte Laune nicht an mir aus, Blondie. Ich mag zwar noch sehr jung aussehen, bin aber schon seit über hundert Jahren ein Vampir und würde dir deshalb raten, es sich nicht mit mir zu verscherzen. Sonst versohle ich dir deinen hübschen Hintern."

„Tut mir leid, Vanessa. Es war ein anstrengender Tag. Wollte dich nicht beleidigen."

„Na gut, bevor ich gehe, gibst du mir aber noch die Namen der Polizisten, mit denen du zusammenarbeitest. Ich will denen zumindest ein bissi auf den Zahn fühlen. Schließlich kennst du die Leute nicht."

Audrey wollte schon etwas erwidern, ehe sie sich doch darauf besann, den Vampir nicht noch weiter zu verärgern. Vanessa meinte es ja nur gut und wollte auf sie aufpassen. Widerspruchslos nannte sie die Namen Maddox Carter, Dylan Morris und Jennifer Jenkins. Dies waren die drei walisischen Kollegen, mit denen Sie auf der Suche nach dem potenziellen Serienkiller in erster Linie zusammen arbeitete, wobei sie allerdings meistens mit Carter unterwegs war.

„Dann wünsche ich dir eine schöne und erholsame Nacht. Ich schaue morgen nach Sonnenuntergang wieder nach dir."

„Kennst du denn Vampire in Cardiff oder wo hältst du dich tagsüber auf?"

„Eine alte Freundin aus Italien hat sich hier vorübergehend niedergelassen. Von daher bin ich versorgt. Viel Erfolg bei deiner Mordermittlung. Je eher du den Täter findest, desto früher können wir nach London zurück." Vanessa hatte sich von Audrey die relevanten Infos zu dem Mordfall geben lassen. Wäre doch gelacht, wenn sie den Täter nicht selbst erwischen würde. In den 1990-er Jahren hatte sie in Chicago äußerst erfolgreich als Privatdetektivin gearbeitet. Mit irgendetwas mussten sich ja auch die Vampire die Zeit vertreiben und Geld verdienen. Da blieben meist nur Jobs übrig, die man im sonnengeschützten Homeoffice erledigen oder bei denen man hauptsächlich nachts aktiv sein konnte. Es gab daher auch eine Vielzahl von Vampiren, die in Bars oder Nachtclubs arbeiteten. Einige der zentralen Treffpunkte für Vampire waren Bars, die von Untoten geführt wurden, so wie beispielsweise das *PoD* in London oder das *Dark Mansion* in New York. Dort wurde auch synthetisches Blut ausgeschenkt. In Cardiff existierten zu wenige Vampire, als dass ein Ort, wo sich Untote regelmäßig trafen, notwendig gewesen wäre. Denn um an Blut zu gelangen, benötigte ein Vampir keine Bar und auch keinen Barkeeper, der ihm das Blut servierte. Menschliches Blut fand sich an jeder Straßenecke und es war nur eine Frage des Geschicks einem Opfer die Fangzähne in den Hals zu schlagen und dieses auszusaugen.

In solch einer vergleichsweise kleinen Stadt wie Cardiff sollte es doch nicht allzu schwierig sein, den Fall aufzuklären, dachte Vanessa. Als erstes würde sie mal die *St. Mary Street* durchschreiten. In dieser

Straße, an deren Ende auch der Tatort lag, also das Hotel, in dem sie sich gerade aufhielt, gab es mit dem *Playhouse* und der *Fantasy Lounge* die beiden bekanntesten Clubs der Stadt, wo junge Mädels einen Striptease hinlegten. In dem einen hatte offensichtlich das Opfer den männlichen Besuchern Freude bereitet. Als Frau würde sie dort nur unnötig auffallen, wenn man sie denn überhaupt hinein lassen würde. Von daher schaute sie sich die Lokalitäten vorerst nur von außen an, um sich ein erstes Bild von der Umgebung zu machen. Sie würde ihre Freundin Sophia fragen, ob sie Kontakte zu den Etablissements besaß. Sobald sie bei ihrer Freundin Sophia einträfe, würde sie im Internet nach den Polizisten suchen, die am intensivsten mit Audrey zusammenarbeiteten. Sie hoffte, dass es sich um pflichtbewusste Leute handelte, die Audrey nicht in Gefahr bringen würden. Eine Suche nach einem Mörder war für Sterbliche schließlich nicht ganz ungefährlich. Da musste man sich auf diejenigen hundertprozentig verlassen können, mit denen man eng zusammenarbeitete. Solange sie sich für Audrey verantwortlich zeigte, dürfte dieser nichts passieren.

Das Haus von Sophia lag etwas außerhalb von der Innenstadt. Beindruckend fand Vanessa, sie selbst hatte noch niemals eine Immobilie besessen. Sie wurde von Sophia mit einem Glas Blut – wie so üblich bei Vampiren – freundlich begrüßt und die Freundinnen unterhielten sich eine halbe Stunde über die vergangenen Jahrzehnte, in denen sie sich nicht über den Weg gelaufen waren. Sophia zeigte der Besucherin anschließend die Räumlichkeiten, insbesondere auch die Kellerräume, in denen sich zwei Särge für Gäste befanden. Sehr gut, dachte Vanessa, dann hätte sie tagsüber auch ein bisschen Privatsphäre und müsste sich den Schlafplatz nicht mit Sophia teilen. Sie fragte ihre Freundin, ob sie einen W-LAN Anschluss besaß und diese bejahte dieses. Also surfte Vanessa ein bisschen im Internet und suchte nach Einträgen, die die walisischen Polizisten betrafen, mit denen Audrey in Kontakt stand.

„Hallo, Catherine. Ich habe erfreuliche Nachrichten. Gerade mit Jimmy im *Dark Mansion* gesprochen. Laut seiner Aussage beruft Frankie nächste Woche eine Versammlung der New Yorker Vampire ein. Dort soll dann ein neues Oberhaupt für den *Big Apple* bestimmt werden." Juan telefonierte beinahe täglich mit Catherine, um ihr die neuesten Entwicklungen aus Amerika mitzuteilen.

„Ist denn sicher, dass du Coles Nachfolger werden wirst oder gibt es noch andere Kandidaten?"

„Jimmy meinte, dass die Anhänger von Cole keine reelle Chance haben, einen eigenen Kandidaten durchzusetzen. Die Mehrheit scheint sehr enttäuscht zu sein, dass sich Cole so ohne weiteres aus dem Staub gemacht hat. Damit steigen meine Chancen beträchtlich. Sehe derzeit keinen Konkurrenten, der mir bei einer Wahl ernsthaft gefährlich werden könnte."

„Das sind verdammt gute Neuigkeiten. Halte mich auf dem Laufenden, Juan! Und viel Glück. Du hättest es verdient, an der Spitze der New Yorker Vampire zu stehen", verabschiedete sich Catherine von ihrem Bruder.

„Bis bald, große Schwester."

Audrey traf kurz vor acht Uhr im Polizeirevier ein. Carter, Morris und Jenkins schienen bereits auf sie zu warten. Zumindest schauten sie sich ungeduldig im Großraumbüro um und standen sofort auf, als sie zur Tür hineinkam. Sie schritten zu viert in einen Konferenzraum und Carter ergriff das Wort, nachdem alle Platz genommen hatten.

„Guten Morgen allerseits. Detective Weaver und ich waren gestern Abend bekanntlich im *Playhouse*, um Informationen zu sammeln. Für heute Nachmittag haben wir drei Tänzerinnen und einen Barkeeper vorgeladen. Weaver und ich führen das Gespräch mit Irina, der besten Freundin der Toten, fort. Sie wird uns auch helfen, ein Phantombild von Katharinas Freund zu erstellen. Um die anderen kümmert ihr euch, Jenny und Dylan, ok? Soll dich übrigens von Mike grüßen, Dylan. Er würde sich freuen, wenn du mal wieder im *Playhouse* vorbeischaust."

Morris schaute ziemlich verdutzt und fragte: „Das Opfer hatte einen Freund? Kennt denn niemand den Namen?"

„Wenn wir den Namen hätten, bräuchten wir kein Phantombild anfertigen lassen, oder? Mensch, Morris, denk doch mal mit." Carter und Morris schienen nicht die besten Freunde zu sein. Dies war Audrey bereits am vorherigen Tag aufgefallen. „Haben denn die Überwachungsbilder aus der *St. Mary Street* oder die Zeugenbefragungen aus dem Hotel noch irgendwas Interessantes ergeben?", fragte Carter.

„Leider nein", bemerkte Jenkins. „Weder den Hotelgästen noch dem Personal war etwas Verdächtiges ins Auge gestoßen."

„Die Überwachungsbilder haben ebenfalls zu nichts geführt. Wir warten aber noch auf weitere Bänder aus dem Hotel", gab Morris zum Besten.

„Ok, da kann man nichts machen. Als nächstes solltet ihr die Gästelisten der Hotels mit denen aus London abgleichen. Falls es sich tatsächlich um den gleichen Täter handelt, finden wir vielleicht einen Namen von einem Mann, der vor einigen Monaten in London und nun bei uns abgestiegen ist. Ein Versuch ist es auf jeden Fall wert. Audrey, wir sollten uns gleich nochmal zusammensetzen und uns gemeinsam überlegen, welche Fragen wir Irina noch stellen können."

„Alles klar, Maddox", antwortete Audrey. Langsam hegte sie doch größere Zweifel, ob der

Mord in Cardiff mit denen in London in Verbindung stand. Wahrscheinlich handelte es sich einfach nur um eine Beziehungstat und der Umstand, dass Ähnlichkeiten zu anderen Tötungsdelikten vorlagen, war rein zufällig. Sie würde noch einen Tag in Cardiff verweilen. Sollte bis dahin keine direkte Verbindung zu den Londoner Morden hergestellt werden können, würde sie wieder nach England aufbrechen.

Am frühen Nachmittag rief Carter Audrey, Jenkins und Morris zu sich und informierte über den toxikologischen Befund: „Wir haben jetzt die endgültige Todesursache. Im Blut unseres Opfers fand man eine größere Menge Blausäure. Dieses Gift löst innerhalb von wenigen Minuten Herzstillstand aus. Typisch für Blausäurevergiftungen ist der Bittermandelgeruch in der ausgeatmeten Atemluft. Es wurde ja auch bei mindestens einem der Londoner Morde verwendet."

Na ja, nicht nur da, dachte Audrey. Wenn sie sich an ihre Schulzeit richtig erinnerte, hatte Reichsminister Joseph Goebbels am Ende des dritten Reiches in Deutschland mit Blausäure Selbstmord verübt. Einen Suizid konnte man bei Katharina wohl ausschließen. Man fand in dem Hotelzimmer keine Substanzen, die auf Blausäure hingedeutet hätten. Diese musste der Mörder mitgenommen haben. Zum anderen wäre es nicht ganz einfach gewesen, sich mit den Handschellen selbst an das Bett anzuketten. Audrey hatte sich schon beim Studium der Londoner Fallakten gewundert, warum jemand Gift einsetzt und die Tat trotzdem nicht als Selbstmord aussehen lässt. Aber wer wusste schon genau, was sich im Hirn eines Mörders tatsächlich abspielte. Möglicherweise sprach der Einsatz von Gift doch für einen weiblichen Täter. Vielleicht hatte die Ehefrau von Katharinas Freund die Affäre entdeckt und Rache geübt. Immerhin buchte Katharina seit mehr als einem Jahr regelmäßig ein Zimmer im *Best Western*, so dass die Affäre wahrscheinlich schon länger gelaufen war.

Am späten Nachmittag erschien Irina zur erneuten Befragung im Präsidium. Die Zeugin wurde von einem Wachhabenden in ein Vernehmungszimmer geführt. Sie wartete dort bereits einige Minuten, ehe Carter und Audrey den Raum betraten. Der Raum war relativ klein. An den Wänden hingen die neuesten Poster zur Verbrechensbekämpfung. Der Geruch von Schweiß und Kaffee hing in der Luft, wie wohl in fast allen Vernehmungszimmern auf der ganzen Welt. Darunter standen ein Tisch und drei Stühle – zwei für die Polizisten, einer für die Zeugin, die den Polizisten gegenübersaß. Nach den Erfahrungen der letzten Nacht übernahm Audrey sofort das Kommando. Sie wollte verhindern, dass die Zeugin von Carter zu sehr eingeschüchtert wurde und dichtmachte. „Hallo, Irina. Wie geht es Ihnen denn heute?"

„Ich stehe noch unter Schock. Kann es noch nicht fassen, dass Katharina nicht mehr lebt."

„Ist Ihnen vielleicht noch etwas eingefallen, was uns in den Ermittlungen helfen könnte?"

„Ich bin mir nicht sicher, aber sie schien mir die letzten Tage angespannter zu sein als üblich. Sie war so ein lebenslustiges Mädel, welches außerhalb der Arbeit fast die ganze Zeit am Lachen war. In den letzten Wochen wirkte sie gelegentlich mürrisch. Weiß aber nicht, ob das etwas zu bedeuten hat. Sie achtete noch mehr auf ihre Figur als gewöhnlich und trainierte fast jeden Tag mehrere Stunden im Fitnessstudio. Normalerweise ging sie nur einmal die Woche trainieren."

„Wissen Sie, ob Katharina immer in das gleiche Studio ging und dort Leute kannte? Traf Sie sich dort eventuell mit einem neuen Freund?"

„Das glaube ich nicht. Sie war immer noch sehr verliebt. Ab und zu konnte ich Telefonate mit anhören. Ihr Gesichtsausdruck wirkte immer sehr verträumt, wenn sie mit ihrem Freund sprach. Bin mir sicher, dass es keinen neuen Mann an ihrer Seite gab."

„Ok, Irina. Ich begleite Sie zu unseren Technikern, die mit Ihnen zusammen ein Phantombild von Katharinas Freund erstellen. Nehmen Sie sich bitte so viel Zeit, wie Sie benötigen. Je genauer das Phantombild, umso größer die Chance, dass wir ihn finden."

„Er hat bestimmt nichts mit dem Mord zu tun. So wie Katharina von ihm sprach, war er sicher kein gewalttätiger Mensch."

Na ja, dachte Audrey. Ein Giftmörder wendet auch keine körperliche Gewalt an, und ist trotzdem ein Killer. „Haben Sie noch weitere Fragen, Detective Carter oder kann ich Irina zu den Kollegen bringen?"

„Mensch, Irina. Wollen Sie uns für dumm verkaufen? Sie waren die beste Freundin von *Black Rose* und dann wissen Sie noch nicht einmal, wer ihr Freund war. Wenn Sie überzeugt davon sind, dass er nichts mit dem Mord zu tun hat, können Sie uns seinen Namen doch nennen. Er hat dann ja nichts zu befürchten. Also, raus mit der Sprache, wie heißt er?", schrie Carter die Zeugin an.

Irina wirkte verängstigt, die Tränen kullerten das Gesicht herunter. Sie antwortete leise und kaum verständlich: „Ich weiß es wirklich nicht. Bitte glauben Sie mir."

Ehe Carter noch mehr Porzellan zerschlagen konnte, griff Audrey ein und tätschelte sanft den Arm von Irina. „Schon gut, ich glaube Ihnen. Lassen Sie uns noch einen Kaffee trinken und dann bringe ich sie zu den Kollegen, um das Phantombild zu erstellen." Carter warf sie noch einen giftigen Blick zu, bevor sie mit Irina den Raum verließ. Was bildete sich dieser arrogante Detective bloß ein. Zeugen einzuschüchtern hat in den seltensten Fällen zum Erfolg geführt. Nachdem Irina einige Zeit mit

Mitchell, der das Phantombild erstellen sollte, zusammengesessen war, begleitete sie Audrey noch in die Pathologie. Dort bestätigte Irina, dass es sich bei der Toten tatsächlich um Katharina handelte. Da es Probleme mit der Software zur Erstellung des Phantombildes gab, würde Mitchell Irinas Beschreibungen erst am nächsten Tag in den Rechner eingeben können. Bis dahin mussten sie sich gedulden. Aber Audrey zweifelte nach der Aussage von Irina doch erheblich daran, ob Katharinas Freund etwas mit ihrem Tod zu tun hatte. Sicher sein konnte sie sich natürlich nicht, aber auf ihr Bauchgefühl konnte sie sich in aller Regel verlassen. Dies hatte George Hunter in den ersten Monaten ihrer Zusammenarbeit fast in den Wahnsinn getrieben, bis er erkannte, dass die Aufklärungsrate anstieg.

Kurz nach Sonnenuntergang kehrte Audrey ins Hotelzimmer zurück. Vanessa lag entspannt auf dem Bett und sah sich eine Sitcom im Fernsehen an. Sie grinste die Polizistin an und erkundigte sich: „Habt ihr Fortschritte gemacht und ihr seid dem Täter auf der Spur?"

„Schön wäre es. Wir tappen noch ziemlich im Dunkeln. Aber länger als zwei Tage bleibe ich nicht mehr in Wales. Es sei denn, es tauchen doch noch schlüssige Beweise auf, die einen Zusammenhang zu den Londoner Morden erhärten. Aber danach sieht es momentan nicht aus."

„Lass uns darauf trinken, dass wir hier so schnell wie möglich wegkommen", erwiderte der Vampir und reichte Audrey ein riesiges Glas, welches mit Rotwein gefüllt war. Vanessa selbst machte sich neben Menschenblut nichts aus anderen Getränken und schaute nur zu, dass Audrey zum Glas griff. Sie hatte gerade kein Menschenblut zur Hand.

„Danke, das kann ich jetzt wirklich gebrauchen", antwortete diese und schüttete sich das Getränk fast in einem Zug in den Rachen. „Der Wein schmeckt aber komisch. Ist das walisischer?" Vanessa wandte sich kurz von Audrey ab und lächelte, bevor sie die Flasche Rotwein in die Hand nahm und Audrey ein weiteres Glas einschenkte.

„Ich habe gestern Nacht noch mit Catherine telefoniert. Ich habe ihr mitgeteilt, dass es dir gutgeht und wir hier in Cardiff noch keinem Vampir über den Weg gelaufen sind und du in Sicherheit bist. Du sollst dich bei ihr melden, sobald du wieder nach London zurückkehrst, Audrey."

„Danke, Vanessa. Habe jetzt auch keinen Kopf dafür, mit Catherine zu sprechen." Audrey verspürte tatsächlich keinen großen Drang mit der Königin zu reden. Selbst wenn sie Catherine liebte, wäre eine Verwandlung in einen Vampir schon ein sehr drastischer Schritt, von dem es kein Zurück gäbe. Noch war sie nicht bereit, diese Entscheidung zu treffen. Eigentlich genoss sie ihr Leben als Mensch in vollen Zügen. War ihre Liebe zu Catherine wirklich so stark, dass sie alles andere aufgeben konnte?

8. Oktober

Vanessa lächelte die Türsteher verführerisch an und fragte sie, ob der Geschäftsführer zu sprechen wäre.

„Wen darf ich denn melden, Schätzchen? Habe dich hier noch nie gesehen. An dich würde ich mich bestimmt erinnern." Einer der Türsteher übernahm das Kommando.

„Mein Name ist Angie", log Vanessa. „Ich bin ganz neu in der Stadt. Habe einen Termin mit Mister X."

„Aha, Angie. Dann schau ich mal, ob unser Big Boss jetzt Zeit für dich hat."

Während der fünf Minuten, in denen sie mit dem zweiten Türsteher wartete, wurde sie von den Blicken des Burschen mehr oder weniger ausgezogen. Männer verhielten sich doch überall gleich primitiv, dachte sie nur. In dieser Nacht konnte sie dies aber nur begrüßen. Denn sie wollte den Männern ja gefallen, um einen Job als Tänzerin zu ergattern, damit sie ihre Jagd auf den Killer starten konnte.

„Ok, der Chef hat ein paar Minuten Zeit für dich", meldete sich der andere Türsteher zurück. Er schien fast überrascht zu sein, dass sein Boss sich für die Schnepfe Zeit nahm.

„Cool", erwiderte Vanessa und wurde in den Club geführt. Der Boss hielt sich aber nicht in den öffentlichen Bereichen auf, wo die Gäste ihren Spaß hatten, sondern in einem abgetrennten Büro. Der Türsteher schloss die Tür hinter sich – von außen – und ließ sie mit einem Mann Mitte Fünfzig allein zurück. Er sah in seinem dunklen Anzug, weißem Hemd und dezenter Krawatte wie ein ganz gewöhnlicher Geschäftsmann aus. Wahrscheinlich stellte für ihn die Leitung eines Stripclubs auch nichts anderes da, als die Leitung einer McDonalds Filiale oder eines Casinos.

„Deine Freundin Sophia hat dich wärmstens empfohlen. Ansonsten hättest du nicht so schnell einen Termin mit mir bekommen. Sie meinte, du hast schon in etlichen Gentlemen's Clubs in den Vereinigten Staaten von Amerika gearbeitet. Was machst du dann im verschlafenen Cardiff? Ist dir die USA nicht mehr groß genug? So lange kannst du ja noch nicht arbeiten."

„Ich bin ja Europäerin und das großkotzige Auftreten der Amis ging mir irgendwann zu sehr auf die Nerven."

„Wie alt bist du denn? Neunzehn?"

„Quatsch, ich bin schon einundzwanzig."

„Ok, dann lass dich mal genauer anschauen. Die Klamotten runter, so dass ich deine Titten und deinen Hintern in Augenschein nehmen kann!"

Langsam benahm er sich doch wie ein ganz gewöhnlicher Nachtclub-Besitzer, dachte Vanessa amüsiert, als sie sich ihrer Kleider entledigte. Es war unverkennbar, dass sie Mister X, wie er sich großspurig nannte, sehr gefiel, wenn sie die mächtige

Beule in seiner Hose richtig deutete. Sollte also ein Kinderspiel sein, hier als Tänzerin anfangen zu können. Erstaunlicherweise erhielt sie nicht sofort den Zuschlag.

„Mir gefällt, was ich sehe. Aber das reicht noch nicht. Bevor ich dir einen Job geben kann, musst du erst noch unsere Gäste zum Kochen bringen. Traust du dir das zu, Angie?"

Vanessa lächelte nur und Mister X geriet bei ihrem Anblick noch mehr ins Schwitzen. Eine halbe Stunde und drei Lapdance später bekam sie den Job. Den zweiten Lapdance reservierte sie für Mister X, um seine Entscheidung zu beschleunigen. In der nächsten Nacht würde sie die Gäste der *Fantasy Lounge* genauer unter die Lupe nehmen können. Vielleicht hatte sie Glück und der Täter würde auftauchen. Laut den Infos, die sie von Audrey erhalten hatte, wurde in London damals einige Tage nach dem ersten Mord ein weiterer vom selben Täter begangen. Sollte sich das hier wiederholen, würde Vanessa den Kerl schnappen. Da war sie sich sicher. Vielleicht würde die Zeit, die sie an der Seite von Audrey in Großbritannien verbrachte, ja doch noch spaßig werden, auch wenn nicht ganz so wie ursprünglich gedacht. Einen Mörder zu jagen, sollte keine Langeweile aufkommen lassen und für ein bisschen Action sorgen.

Nachdem sie die letzte Nacht kaum ein Auge zugemacht hatte, gönnte sich Audrey diesmal ein bisschen mehr Ruhe als gewöhnlich und brach erst nach einem ausgiebigen Frühstück gegen halb zehn Richtung Polizeirevier auf. Maddox Carter und Dylan Morris schienen dort auch gerade erst angekommen zu sein, als Audrey sich im Großraumbüro an den Platz, der ihr zugewiesen worden war, setzte. Jennifer Jenkins dagegen erweckte den Eindruck, dass sie bereits seit längerer Zeit in ihrer Arbeit vertieft war. Ihre Kaffeetasse war auch schon nahezu leer.

„Hallo, Audrey", wurde sie von Carter einige Minuten später mürrisch begrüßt. „Gut, dass Sie da sind. Wir haben soeben einen beunruhigenden Anruf aus dem *Marriott* Hotel erhalten. Dort wurde wieder eine weibliche Leiche entdeckt, die mit Handschellen am Bett gefesselt war. Es scheint, als ob unser Täter wieder zugeschlagen hat." Carter übermittelte diese traurige Information so emotionslos, als ob jemand über eine rote Ampel gefahren wäre.

Audrey schaute den Kollegen aus Cardiff überrascht an. Damit hatte sie überhaupt nicht gerechnet. Vielleicht handelte es sich doch um den Killer, den sie in London nicht gefasst hatten und nicht um eine Tat aus Verzweiflung oder Rache, wie sie zuletzt vermutete.

„Die Spurensicherung ist bereits vor Ort. Noch konnte die Leiche nicht identifiziert werden, aber es sollte keine Überraschung sein, wenn das Opfer in einem Strip-Club gearbeitet hat. War wieder eine sehr junge, attraktive Frau mit offensichtlich osteuropäischen Wurzeln. So zumindest die erste Einschätzung der Kollegen, die bereits vor Ort sind."

„Fürchte auch, dass es wieder eine Tänzerin erwischt hat. Lassen Sie uns aufbrechen, Maddox." Audrey zweifelte zwar daran, dass sie im Hotel relevante Spuren finden würden, aber was blieb ihnen anderes übrig, als zumindest danach zu suchen. Anscheinend sollte sich ihre Abreise aus Cardiff doch noch verzögern. Sie dachte kurz an Vanessa und deren wahrscheinliche Reaktion darauf und verzog die Miene. Sie ahnte ja nicht, dass der Vampir auf eigene Faust den Mörder finden wollte, um Langeweile zu vermeiden und sich mit dem Aufenthalt in Cardiff bestmöglich zu arrangieren.

Im *Marriott*, welches nur wenige Minuten vom *Best Western* entfernt lag, betraten Carter und Audrey das Zimmer, wo die Leiche gefunden worden war. Die Kollegen von der Kriminaltechnik waren noch an der Arbeit, sahen aber auch nicht gerade zuversichtlich aus, dass sie entscheidende Spuren entdecken würden. Aber vielleicht war dem Täter ja doch endlich mal ein gravierender Fehler unterlaufen. Einen perfekten Mord gab es ja nicht wirklich. Sie ließen die Kriminaltechniker am Tatort zurück und wendeten sich an einen Manager des Hotels. Dieser sicherte zu, dass die Polizisten die notwendigen Informationen, einschließlich aller

75

Überwachungsbilder der vergangenen Nacht, erhalten würden. Wie sich herausstellte, war das Zimmer, in dem das Verbrechen verübt wurde, offiziell gar nicht belegt gewesen. Es musste sich also jemand unerlaubt Zugang zu dem Raum verschafft haben. Die Techniker wollten überprüfen, ob man ermitteln könnte, mit welcher Schlüsselkarte und zu welcher Zeit das Zimmer in der letzten Nacht geöffnet worden war. Die Befragungen der Hotelgäste und des Personals überließen Carter und Audrey ihren Kollegen Morris und Jenkins. Die wenigen Mitarbeiter, die nachts gearbeitet hatten, waren ohnehin nicht mehr vor Ort, da ihre Schicht seit acht Uhr morgens beendet war. Audrey und Carter selbst wollten so schnell wie möglich Kontakt zu den Verantwortlichen der größeren Nachtclubs in Cardiff aufnehmen, um die Identität des Opfers zu ermitteln. Carter meinte sich zu erinnern, die junge Frau schon einmal gesehen zu haben. Ihm fiel aber nicht ein, wo dies gewesen sein könnte. Bei dem Job, den die Tote voraussichtlich ausgeübt hatte, lag es für Audrey auf der Hand, wo Maddox sie schon einmal getroffen haben dürfte. Aber das wollte sie dem Kollegen nicht unter die Nase reiben. Sie wusste nichts über die privaten Verhältnisse von Carter und wo er sich nachts herumtrieb. Anscheinend war er zumindest länger nicht im *Playhouse* gewesen, wenn Fosters Reaktion auf Carters Erscheinen nicht nur reine Show gewesen ist, um ihn nicht in einem schlechten Licht vor einer weiblichen Kollegin dastehen zu lassen. Schließlich war er mit dem Polizisten befreundet.

Einige Stunden später hatten sie tatsächlich Erfolg. Bei dem Opfer handelte es sich um Natasha Ivanova, die seit zwölf Monaten im *Fantasy Club* gearbeitet hatte. Außerdem wohnte sie in demselben Haus, in dem auch *Black Rose* ihr Apartment gehabt hatte. Also würden sie Irina erneut vorladen müssen. Denn es bestand eine gute Chance, dass sie auch Natasha gekannt und nützliche Informationen liefern konnte. Audrey versprühte leichten Optimismus. Wenn sich die beiden Opfer nahegestanden hatten, würden sie sicher gemeinsame Freunde aufspüren können und die meisten Tötungsdelikte wurden ja aus der unmittelbaren Umgebung getätigt. Bei den Londoner Morden konnten keine Verbindungen zwischen den Getöteten hergestellt werden. Daher gestalteten sich die Ermittlungen dort auch so schwierig. Aber in einer Großstadt wie London lag die Wahrscheinlichkeit ja auch deutlich niedriger als in Cardiff, dass sich jemand kannte.

Im Polizeirevier herrschte betriebsames Treiben. Zwei Morde innerhalb weniger Tage geschahen in Cardiff äußerst selten. Morris schaute sich wieder die Überwachungsbilder an, während Jenkins die Zeugenaussagen durchging. Beide schauten mürrisch drein, als Audrey sie nach Fortschritten fragte. Noch war keine heiße Spur entdeckt worden.

Gegen sechzehn Uhr erschien Irina, um eine weitere Aussage zu Protokoll zu geben. Diesmal wurde sie allerdings von Audrey und Jennifer Jenkins befragt. Die Londoner Polizistin hatte den wohlbegründeten Eindruck gehabt, dass Irina sich in der Gegenwart von Carter unwohl gefühlt hatte. Daher schlug sie vor, dass die Zeugin diesmal von zwei weiblichen Polizisten befragt werden sollte. Vielleicht käme man so an noch mehr relevante Informationen heran. Carter war davon nicht gerade begeistert gewesen, aber sein Vorgesetzter Inspektor Ian Mills unterstützte den Vorschlag vehement, so dass Carter letztendlich den Schwanz einziehen musste, um einen größeren Disput mit seinem Chef ausweichen zu können. Bei Audrey verstärkte sich immer mehr der Eindruck, dass Maddox Carter sich mit einigen Kollegen nicht besonders gut verstand. Sie fragte daher Jenkins: „Gibt es eine Vorgeschichte zu Mills und Carter? Die scheinen sich nicht zu mögen."

„Da haben Sie ganz Recht. Im letzten Jahr haben beide um die Position des Inspektors gekämpft. Ian hat den Zuschlag bekommen und ist seither zu allem Überfluss auch noch der direkte Vorgesetzte von Maddox. Die Spannungen zwischen den beiden sind wirklich unübersehbar. Aber das haben sie nicht von mir gehört!"

Audrey hatte ähnliches schon vermutet. Das größte Konfliktpotenzial bestand immer dann, wenn sich ein Mitarbeiter bei der Beförderung ungerecht behandelt fühlt und einen Vorgesetzten vor die Nase bekommt, den er für weniger qualifiziert hält als sich selbst. Dieses Phänomen dürfte bei fast allen Unternehmen oder Behörden – und nicht nur bei der Polizei – bekannt sein. Aber das war nicht ihr Problem, sie wollte den Fall lösen und sich dann wieder aus Cardiff verabschieden. Sollten Carter und Mills sich später an die Gurgel gehen.

„Hallo Irina, dies ist meine Kollegin Jenny Jenkins. Wir werden heute zusammen Ihre Aussage aufnehmen. Hoffe, Sie haben den Verlust von Katharina schon halbwegs verdaut. Ich weiß, wie unendlich schwer es ist, wenn ein Freund plötzlich aus dem Leben scheidet", begann Audrey die Zeugenvernehmung so sensibel wie möglich. Sie saßen wieder in dem gleichen Besprechungsraum wie einen Tag zuvor. Er befand sich in der ersten Etage des Gebäudes. Die Büros, in denen die Mordkommission untergebracht war, lagen im zweiten Stock, so dass Zeugen in der Regel nur den Polizisten über den Weg liefen, von denen sie auch befragt wurden.

„Danke für Ihre Anteilnahme. Es ist wirklich nicht leicht, wenn die beste Freundin aus dem Leben scheidet. Und wenige Tage später noch eine weitere Person aus dem engeren Bekanntenkreis stirbt. Ist es denn erwiesen, dass auch Natasha umgebracht worden ist? Das macht mir langsam Angst. Bin ich denn auch in Gefahr?"

„Wir warten noch auf den endgültigen Bericht aus der Gerichtsmedizin, aber in meinen Augen besteht kaum ein Zweifel daran, dass auch Natasha ermordet worden ist. Hatten denn Katharina und Natasha gemeinsame Bekannte, mit denen sie Ärger bekommen haben könnten?"

„Das glaube ich nicht. So eng war ihre Beziehung nicht. Zu zweit waren sie selten unterwegs. Meist waren dann noch andere Mädels aus der *Fantasy Lounge* oder dem *Playhouse* dabei. Manchmal auch noch aus dem *For Your Eyes Only*. Der Club liegt einige Straßen weiter. Außerdem hatten sie nie am selben Abend frei, so dass sie auch kaum die Chance hatten, außerhalb des Jobs Zeit miteinander zu verbringen. Zumindest nicht nach einundzwanzig Uhr, wenn die Clubs aufmachten."

„Ok, das hilft uns schon ein bisschen weiter. Wie sah es denn mit dem Liebesleben von Natasha aus? Hat sie sich mit jemanden regelmäßig getroffen?"

„Seit Ende letzten Jahres traf sie sich mit einem verheirateten Mann. Sie haben sich deshalb meistens außerhalb von Cardiff getroffen, damit sie niemand zusammen sieht. Letzte Woche hat sie mir aber im Vertrauen erzählt, dass er seine Frau ihretwegen verlassen möchte und sie bald zusammenziehen wollten. Sie strahlte richtig vor Glück."

Audrey nickte verständnisvoll. Wie oft hatten verheiratete Männer diesen Satz wohl schon von sich gegeben, um ihre Freundinnen bei Laune zu halten. In den seltensten Fällen meinten sie es ernst. Sie ging aber nicht weiter darauf ein, sondern fragte: „Wissen Sie noch etwas über Natashas Freund? Vielleicht sogar seinen Namen oder wo wir ihn finden können?"

„Ich weiß nur, dass er als Polizist arbeitet. Zumindest hatte er das Natasha erzählt."

Audrey und Jennifer schauten sich erstaunt an. Machten sich denn Polizisten in Wales dauernd an Striptease-Tänzerinnen ran? Morris hatte ja offenbar sogar eine geheiratet. So etwas würde man bei der Londoner Polizei überhaupt nicht gerne sehen. Und den Spott der Kollegen, dem man ausgesetzt wäre, mochte sich Audrey gar nicht ausmalen. Vielleicht waren die Waliser in dieser Hinsicht toleranter, obwohl sie da ihre Zweifel hegte. So viel Toleranz gab es nirgendwo. Einige Fragen musste sie Irina noch stellen: „Wie sieht es denn mit Drogen aus? Kann mir vorstellen, dass man in Ihrem Job häufiger mal etwas zur Entspannung benötigt. Hatten die beiden vielleicht den gleichen Dealer und sie hatten Schulden bei ihm?"

„Ich glaube nicht, dass es bei ihrem Tod um Drogen oder Schulden ging. Uns wird von den Gästen dauernd etwas in die Hand gedrückt. In der Hoffnung, dass wir uns dann noch mehr um sie kümmern, wenn Sie verstehen, was ich meine. Wir brauchen deshalb selbst keine Drogen kaufen."

„Gut zu wissen", antwortete Audrey. Polzisten als Freunde und Drogen von den Kunden. So schlecht lebte es sich anscheinend als erotische Tänzerin in Cardiff nicht, wenn man mal von der gegenwärtig hohen Sterbensrate absah. „Wussten Sie, dass Natasha schwanger gewesen ist?" Diese Bombe hielt Audrey bis zum Ende der Vernehmung zurück.

„Was? Das kann doch nicht wahr sein. Sind Sie sicher? Im wievielten Monat war sie denn? Man konnte noch nichts sehen."

„Es besteht nicht der leiseste Zweifel über die Schwangerschaft. Von daher wäre es so wichtig den Freund zu finden, damit wir einen Vaterschaftstest durchführen können. Vielleicht wollte er das Kind ja nicht und Natasha es behalten."

„Sie hat niemals seinen Namen erwähnt", erwiderte Irina. Mittlerweile kullerten dicke Tränen das Gesicht herunter. Schlimm genug zwei Freundinnen zu verlieren, aber auch noch zu erfahren, dass eine von ihnen ein Baby im Bauch getragen hatte, ließ sie endgültig ihre Fassung verlieren.

„Danke, Irina. Sie haben uns sehr geholfen. Haben Sie jemanden, mit dem Sie sich über Ihren Verlust austauschen? Wir haben erfahrene Psychologen, die Ihnen in dieser Phase helfen können."

Irina schüttelte den Kopf. „Ich bin einfach nur traurig und möchte jetzt einige Zeit allein sein."

„Ok, das verstehe ich. Einer unserer Kollegen wird Sie aber nach Hause fahren. Und passen Sie auf sich auf. Zur Sicherheit lassen wir einen Streifenwagen vor Ihrem Haus stehen, bis wir näheres über die Mordmotive erfahren haben", beendete Audrey die Vernehmung und verabschiedete sich von Irina, um anschließend noch einige Worte mit Jenkins zu wechseln.

„Was denken Sie, Jenny? Hängen die beiden Fälle zusammen oder handelt es sich um zwei getrennte Morde aus Leidenschaft?"

„Ich bin mir noch nicht im Klaren. Denken Sie etwa, das zweite Opfer wurde wegen ihrer Schwangerschaft getötet?"

„Es wäre nicht das erste Mal, dass ein verheirateter Mann in Panik gerät, nachdem er erfahren hat, dass seine Freundin schwanger ist. Genauso hätte natürlich die Ehefrau ein starkes Motiv, wenn sie denn die Ehe retten wollte und von der Schwangerschaft wüsste."

„Ja, aber dann müsste doch auch ein Polizist in die Sache verwickelt sein. Das wäre ein Super GAU für uns."

„Unbestritten. Wir sollten diesen Aspekt der Aussage vielleicht erst mal für uns behalten. Falls tatsächlich etwas dran ist, würden wir den Täter warnen. Oder Irina geriete sogar als lästige Zeugin in Gefahr."

„Gut, ich kann bei der Digitalisierung von Irinas Aussage, die Info bezüglich eines möglichen Polizistenfreundes zurückhalten. Bis wir klarer sehen."

„Wir können nur hoffen, dass da nix dran ist. Über die anderen Aspekte der Aussage sollten wir Carter und Mills gleich ins Bild setzen." Audrey vertraute darauf, dass nicht wirklich ein Polizist in die Morde verwickelt war. Sollte sie das nämlich herausfinden, dürfte die Zusammenarbeit zwischen der Waliser und der Londoner Polizei für die nähere Zukunft vergiftet werden. Am besten wäre es, wenn Jenkins in diesem Falle die Lorbeeren kassieren würde und sie selbst dezent im Hintergrund bliebe. Obwohl Inspektor Monroe sich diebisch freuen würde, wenn eine Londoner Polizistin einen walisischen Kollegen zur Strecke bringen würde. Sie sah sein gehässiges Grinsen direkt vor ihrem inneren Auge.

Gegen siebzehn Uhr erhielten sie endlich das Phantombild von Katharinas Freund, welches sich im Wesentlichen auf den Aussagen, die Irina tags zuvor geliefert hatte, stützte. Die Probleme mit der Software waren gerade vor einigen Minuten gelöst worden, so dass in diesem Moment erst das finale Bild vorlag. Jenny und Audrey schauten sich verdutzt an und dachten das gleiche: „Das kann doch nicht wahr sein. So eine verfluchte Scheiße!" Das Phantombild wies eine unübersehbare Ähnlichkeit mit Dylan Morris auf. Das fiel auch

Carter sofort ins Auge, der sich erkundigte, wo denn Morris abgeblieben sei. Offenbar war dieser aber bereits in den Feierabend gestartet. Carter schien sich fast zu freuen, dass sein Kollege in die Bredouille kommen könnte. Seine anschließende Bemerkung widersprach allerdings seiner Körpersprache: „Wir sollten Ruhe bewahren. Nur, weil Dylan dem Phantombild so ähnlich sieht, heißt das ja noch lange nicht, dass er etwas mit den beiden Morden zu tun hat. Vielleicht ist er noch nicht mal der Freund von *Black Rose* gewesen. Irina kann sich auch getäuscht haben und Dylan aus dem *Playhouse* kennen. Zur Sicherheit sollten wir uns aber die Überwachungsbilder anschauen, die bisher nur von Dylan ausgewertet worden sind. Hoffe nicht, dass er uns zum Narren gehalten hat und seine Spuren verwischen wollte." Wieder dieses teuflische Lächeln, was seine Aussage ad absurdum führte.

Jenny meldete sich für diese Aufgabe freiwillig. Sie mochte Morris sehr gern und würde sich riesig freuen, wenn sie es wäre, die entlastendes Material findet. Sie begab sich in den Raum, wo die Technik für die Betrachtung von Überwachungsbildern vorrätig war. Jenny benötigte nur fünfzehn Minuten bis sie Morris auf einem der Überwachungsvideos erkannte. Sein schlurfender Gang war unverkennbar. Das Gesicht ließ sich nur schwer identifizieren, aber für jemand, der die letzten drei Jahre Morris fast täglich gesehen hatte, konnte es keinen Zweifel geben, dass es sich um den Polizisten handelte. Also war Morris in der Nacht, in der Katharina umgebracht wurde, im *Best Western* gewesen und hatte sicherlich mit dem Opfer geschlafen. Warum gab sich Dylan immer nur mit Striptease-Tänzerinnen ab? Sie selbst wäre gerne bereit gewesen, einige Nächte mit ihrem Kollegen zu verbringen. Aber dazu war es nie gekommen. Wahrscheinlich war sie nicht schlank genug. Sie schleppte einige Kilo zu viel mit sich rum, wie ihr schmerzhaft bewusst war. Jenkins schüttelte frustriert den Kopf. Sollte ihr Kollege tatsächlich sogar ein Mörder sein? Oder handelte es sich doch nur um einen unglücklichen Zufall? Sie wandte sich an Carter und Audrey, um ihren Fund mitzuteilen. Während die Lippen von Maddox ein leichtes Lächeln umspielte, nahm die Londoner Polizistin die Nachricht ohne sichtbare Emotionen entgegen. Sie kannte auch in London einige Kollegen, die Dreck am Stecken hatten, aber mehrfacher Mord war doch ein gänzlich anderes Kaliber. „Wie gehen wir jetzt weiter vor?", erkundigte sich Jenkins.

„Wir müssen das mit Inspektor Mills abklären und genau nach Vorschrift vorgehen. Schließich geht es hier um einen Polizisten", erwiderte Carter und ging ins Büro des Inspektors. Nach einigen Minuten erhitzter Diskussionen verließ er das Büro wieder und erstattete Bericht: „Mills möchte, dass wir heute Abend noch mit Morris Kontakt aufnehmen und ihm inoffiziell auf den Zahn fühlen. So vorsichtig wie möglich. Für einen Haftbefehl reichen die Beweise nach Ansicht des Inspektors nicht aus. Das kann noch eine lange Nacht werden. Am besten Sie gehen noch eine Stunde ins Hotel und legen sich einen Augenblick hin, um den Akku aufzuladen. Ich hole Sie dann dort ab, damit wir zusammen auf die Suche nach Dylan gehen", teilte er Audrey mit. „Jenny, du bleibst am besten hier und hängst dich ans Telefon. Vielleicht kannst du ja herausfinden, wo sich Dylan heute Abend aufhält. Aber ruf bitte nicht bei seiner Frau an. Da fahren wir nachher persönlich vorbei."

„Alles klar, Maddox", antwortete eine deprimierte Polizistin. Ihr sah man deutlich an, dass sie die Situation nicht gut verarbeitete. Es sah fast so aus, als ob sie kurz vor einem Weinkrampf stand und am liebsten von Audrey in den Arm genommen werden wollte. Diese wandte sich aber abrupt ab und schritt gemäßigten Schrittes zum Treppenhaus, um das Polizeirevier zu verlassen. Für Sentimentalitäten hatte sie keine Zeit, sie mussten schließlich einen Mord aufklären. Auf dem Weg zum Hotel kaufte sie sich noch einen Cheeseburger, eine große Portion Pommes und eine Cola in einem Fast Food Restaurant. Sie hatte seit Stunden keine feste Nahrung mehr zu sich genommen und ihr Magen knurrte. Eigentlich sollte sie natürlich kein Fast Food zu sich nehmen. Aber in diesem Augenblick pfiff sie darauf und bei ihrer durchtrainierten Figur und ihrem harten Trainingsprogramm, welches sie fast täglich absolvierte, konnte sie sich es gelegentlich leisten, mal auf ungesunde Nahrung zurückzugreifen.

Mit diesem Verlauf des Falles hatte sie beim besten Willen nicht rechnen können. Etwas rätselhaft blieb für sie das Verhalten von Maddox Carter, der es ja richtig zu genießen schien, dass Dylan Morris in Schwierigkeiten geriet. Sie vermutete, dass dies mit dem Verhältnis zwischen Inspektor Mills und Morris zusammenhing, die sich offenbar sehr gut verstanden. Der Inspektor würde in keinem guten Licht dastehen, sollte sich der Mordverdacht bei einem seiner Zöglinge bestätigen. Darauf schien Carter zu setzen. Vielleicht hoffte er ja, dass er seine Beförderung zum Inspektor doch noch erhielte, wenn Mills in gefährliches Fahrwasser abdriftete.

Vanessa wartete bereits im Hotelzimmer. Sie schien erstaunlich guter Laune zu sein, erkannte Audrey verblüfft.

„Hey, Vanessa", begrüßte sie den Vampir. „Ich lege mich nur kurz hin und muss danach wieder los. Es hat einen zweiten Mord gegeben und wir wollen heute noch einige Zeugen befragen. Kann wieder eine lange Nacht werden." Von dem Verdacht gegenüber einem ihrer Kollegen aus Cardiff und der Schwangerschaft des Opfers erzählte sie nichts. Die restlichen Fortschritte teilte sie ihrer Begleiterin mit.

Insbesondere, dass es sich um einen Giftmörder handelte.

„Ok", antwortete Vanessa einsilbig, „ich treffe mich nachher ohnehin mit einer Freundin", log sie. Sie war etwas enttäuscht, dass ein zweiter Mord bereits stattgefunden hatte. Denn ihr Ziel war es ja gewesen, den Täter auf eigene Faust zu packen und Audrey damit zu beeindrucken. Langsam fand sie die Blondine ganz nett. Vielleicht könnten sie mal zusammen abhängen, wenn die Polizistin zum Vampir verwandelt wäre. Sie würde aber trotz des neuen Mordes eine Nacht in der *Fantasy Lounge* arbeiten und sich mit den anderen Tänzerinnen unterhalten. Vielleicht gab es doch Anhaltspunkte auf den Täter. Sie hoffte nur, dass Audrey dort keine Befragungen durchführen würde. Wer weiß, welche Emotionen sie bei der Polizistin wecken würde, wenn sie sich nackt um eine Stange räkelte. Schließlich dürfte Audrey noch etwas Vampirblut in ihrem Körper haben, welches Vanessa in den Rotwein gemischt hatte, da die Polizistin sich ja geweigert hatte, freiwillig etwas zu trinken. Außerdem müsste sie zu diesem Zeitpunkt noch nicht erfahren, dass Vanessa selbst in dem Mordfall ermittelte. Die übrigen Polizisten kannten Vanessa ja nicht und würden sie als gewöhnliche Striptease-Tänzerin betrachten. Ein bisschen Spaß würde es hoffentlich auch machen, vermutete der italienische Vampir.

Carter holte Audrey im Hotel ab und sie fuhren als erstes mit seinem Dienstwagen zur Wohnung von Morris. Sie lag etwas außerhalb von Cardiff. Dort wurden sie von Dylans Frau begrüßt. Offenbar kannten Carter und Julia Morris sich.

„Hallo, Maddox", begrüßte Julia den Detective frostig. „Was machst du denn hier? Dylan ist noch unterwegs." Vor Sympathie strotzte die Begrüßung nicht gerade, was Audrey nicht sonderlich wunderte.

„Hey, Julia. Weißt du, wann Dylan nach Hause kommt? Wir müssen ihn dringend sprechen."

„Keine Ahnung, es ist ja noch sehr früh am Abend. Er wird sicher mit seinen Kumpels noch ein paar Bier trinken, bevor er heim kommt." Audrey verspürte in der Reaktion von Julia eine leichte Verbitterung. Anscheinend war es normal, dass Dylan erst spät zu Hause eintraf. Dies würde durchaus dafür sprechen, dass er eine Affäre hatte. Mindestens eine, dachte Audrey in diesem Moment. Vielleicht ja auch mit beiden Opfern. Morris schien ihr der Typ Frauenheld zu sein, der immer mehr als eine Braut am Start hat. Im Polizeirevier war ihr nicht entgangen, dass Jenny Jenkins ihn anschmachtete. Er hatte ein ausdrucksstarkes Gesicht, einen muskelbepackten Körper und fast immer einen dummen Spruch auf den Lippen, der einem zum Lachen bringen konnte. Zumindest, wenn Carter nicht in der Nähe war. Dann hielt er sich auffallend zurück. Wollte wohl so gut es ging Ärger mit seinem Kollegen vermeiden.

„Es ist wirklich dringend. Hast du eine Ahnung, wo er sein könnte?", hakte Carter nach.

„Vielleicht ist er auch beim Fußball. Heute spielt Cardiff City. Da geht er regelmäßig ins Stadion. Was gibt es denn so Wichtiges? Könnt ihr ihn denn telefonisch nicht erreichen?"

„Es hat letzte Nacht wieder einen Mord gegeben. Kennst du übrigens *Black Rose* alias Katharina oder Natasha Ivanova? Die beiden waren Tänzerinnen im *Playhouse* beziehungsweise in der *Fantasy Lounge*."

„Die Namen sagen mir nichts. Ich habe aber auch schon längere Zeit keine Kontakte zu den Clubs. Bin ja schon seit zwei Jahren Dylans Frau und aus dem Geschäft. Und von damals arbeiten ohnehin nur noch wenige Tänzerinnen in Cardiff."

Audrey beobachtete Julia, konnte aber kein Zögern in der Antwort erkennen. Wahrscheinlich sagte sie die Wahrheit. Sie ließ auch nicht im Entferntesten erkennen, dass sie in irgendeiner Form nervös wäre. Das alles sprach eher gegen Dylan. Sie hatte insgeheim gehofft, dass die Ehefrau hinter den Morden steckte. Denn Dylan fand sie selbst durchaus sympathisch und außerdem war er Polizist. Unübersehbar war auch der dicke Bauch von Julia Morris. Dylan würde also demnächst Vater werden. Vielleicht wollte er seine Affären tatsächlich beenden und Katharina und Natasha setzten ihn zu stark unter Druck. Aber noch war Audrey nicht restlos überzeugt davon.

„Ok, Julia. Wir versuchen dann weiter, Dylan telefonisch zu erwischen. Sollte er nach Hause kommen, richte ihm bitte aus, dass er sich bei mir meldet", beendete Carter das Gespräch. Julia schloss die Tür und die beiden Polizisten schauten sich fragend an. „Was denken Sie, Audrey?"

„Julia dürfte mit der Tat nichts zu tun haben. Eine hochschwangere Frau wäre dem Hotelpersonal sicher aufgefallen. Denke auch nicht, dass sie den Überwachungskameras entgangen wäre. Klarheit kann wohl nur Dylan schaffen. Halten Sie es denn überhaupt für möglich, dass er mit beiden Opfern schlief?"

„Überraschen würde es mich nicht. Er war schon immer ein Womanizer. Dachte, dass er nach seiner Heirat ruhiger geworden wäre. Aber wir stehen uns nicht sehr nahe."

Darauf kannst du wetten, hätte Audrey beinahe von sich gegeben. Sie konnte sich im allerletzten Moment zurückhalten und nickte nur. Vielleicht hatte Carter ja recht in der Einschätzung von Morris und sie ließ sich zu sehr von Sympathiewerten beeinflussen. Aber ihr kam Morris nicht wie ein Giftmörder vor. Als Polizist wusste er doch eigentlich, auf welche Dinge man achten muss, um nicht erwischt zu werden. Jemanden in einem Hotel zu ermorden, war ziemlich risikoreich. Denn irgendjemand könnte einen schließlich erkennen, bei der Vielzahl der Leute, die sich dort aufhielten. Aber gelogen hatte Dylan und Beweise unterschlagen. Das ließ sich nicht leugnen. „Wohin fahren wir jetzt, Maddox?"

„Ich kenne einige Pubs, in denen Dylan gelegentlich etwas trinkt und wo auch Fußballspiele live gezeigt werden. Die können wir abklappern. Sollten wir ihn in den nächsten zwei Stunden nicht finden, müssen wir uns überlegen, ob wir nicht doch eine Fahndung herausgeben."

Das wäre aber nicht im Sinn von Inspektor Mills, sinnierte Audrey. Dieser wollte eine Vorverurteilung unter allen Umständen verhindern. Denn selbst, wenn sich im Nachhinein herausstellen sollte, dass Morris mit den Morden nichts zu tun hatte, würde vorher schmutzige Wäsche gewaschen. Deshalb befürwortete Mills eine inoffizielle Untersuchung. Es sollten nicht zu viele Leute von dem Verdacht erfahren, solange sich dieser nicht erhärtete. Audrey hätte an der Stelle des Inspektors wohl genauso gehandelt. Sie hoffte daher, dass sie Morris so schnell wie möglich finden würden, um die Verdachtsmomente zu klären. Sie stiegen in Carters Auto und machten sich auf Pub-Tour, leider nicht, um etwas zu trinken, dachte Audrey zerknittert. Sie fühlte sich aber erstaunlich munter und aufgekratzt. Die große Menge Wein am vorherigen Abend hatte sie den ganzen Tag überhaupt nicht gespürt. Ganz im Gegenteil, sie war am Morgen voller Elan aufgewacht und an dem Zustand hatte sich nichts geändert. Sie wusste ja zu diesem Zeitpunkt noch nichts davon, dass Vanessa den Wein mit Vampirblut angereichert hatte.

Vanessa wechselte seit einundzwanzig Uhr zwischen Showbühne, VIP-Lounge und Umkleideraum in der *Fantasy Lounge* hin und her. Die ersten zwei Stunden hielten sich kaum Gäste im Club auf, so dass sie sich mit den übrigen Tänzerinnen unterhalten konnte. Die meisten kannten beide Mordopfer. Eins der Mädels erzählte ihr, dass Natasha schwanger gewesen wäre und demnächst mit ihrem Freund zusammenziehen wollte. Bei dem Kerl handelte es sich um einen Polizisten. Vanessa nahm diese Info mit Unbehagen auf. Schließlich war Audrey mit Kollegen unterwegs, von denen sie nicht viel wusste. Sollte sie die Blondine warnen? Sie griff zu ihrem Smartphone, als sie plötzlich aus ihren Gedanken gerissen wurde.

„Hey, Angie. Da will jemand einen Lapdance. Also beweg deinen Hintern zu Lounge Nummer sieben."

Vanessa begab sich zur VIP-Lounge und sah dort einen verschüchterten Teenager sitzen. Mit der Ausweiskontrolle nahm man es hier wohl nicht so genau. Ihr waren junge Burschen als Kunden allerdings auch wesentlich lieber als alte Säcke, die die Hände nicht von einem lassen konnten und vor sich hin sabberten. Sie lächelte den Jungen aufmunternd an und wollte ihm einen heißen Lapdance liefern, den dieser nicht so schnell vergessen würde. Dessen war sie sich sicher. In den

Augen des Teenagers war sie ja nur ein heißes Mädel, welches nur unwesentlich älter als er selbst war. Aber selbst, wenn er gewusst hätte, dass Vanessa ein Vampir wäre, hätte sein Blick nicht viel nervöser sein können.

9. Oktober

Audrey und Carter suchten kurz nach Mitternacht immer noch nach Morris. Die Londoner Polizistin hatte ihren walisischen Kollegen überzeugt, dass es erst einmal besser wäre, den Verdacht gegenüber Morris nicht offiziell zu machen.

„Ist das nicht Morris, da vorne an der Ecke?", fragte sie plötzlich aufgeregt.

Carter blickte in die gleiche Richtung und schlagartig hellte sich seine finstere Miene auf. „Sie haben Recht. Das ist er. Lassen Sie uns zu ihm rübergehen. Aber seien Sie bitte vorsichtig. Er könnte bewaffnet sein. Dylan sieht auch betrunken aus. Zumindest wankt er ziemlich stark."

Morris entdeckte die beiden Polizisten und winkte sie mit ungelenken Gesten zu sich heran. „Mensch, Carter, was machst du denn hier? Zeigst du unserer Kollegin aus London die besten Bars der Stadt?", lallte er.

„So ähnlich. Lass uns doch noch ins *Blue Nowhere* gehen. Da bekommen wir zu jeder Tag- und Nachtzeit ein Bier. Sie kommen doch noch mit, Weaver?"

„Klar, Maddox. Ein Bierchen mit Kollegen kann man nicht abschlagen", erwiderte Audrey. Sie selbst hielt es allerdings für keine sehr gute Idee, mit einem Verdächtigen, der bereits einiges intus hatte, den Alkoholpegel weiter zu erhöhen. Aber sie konnte ihrem Kollegen in der heiklen Situation, in der sie sich befanden, nicht widersprechen. Also gingen sie zusammen ins *Blue Nowhere*, eine kleine Kneipe, die offensichtlich rund um die Uhr für ihre Stammgäste geöffnet war. „Drei Bier", bestellte Morris. Sie setzten sich in die hinterste Ecke und Carter holte ohne Vorwarnung das Phantombild aus seiner Jackentasche. Morris blickte kurz auf das Bild und lachte laut los: „Da bin ich ja super getroffen."

„Du bestreitest erst gar nicht, dass du der Liebhaber von *Black Rose* gewesen bist?", fragte Carter erstaunt.

„Was würde das für einen Sinn machen? Spätestens bei der Gegenüberstellung würde mich Irina erkennen."

„Warum haben Sie uns das nicht schon vorher erzählt?", erkundigte sich Audrey.

„Was denken Sie denn? Mir war es peinlich. Das hätte mich doch endgültig zum Gespött im ganzen Revier gemacht. Es war schon schwer genug, als ich mit Julia eine Striptease-Tänzerin geheiratet habe. Und jetzt sollte ich eine Affäre mit einem Mordopfer gestehen? Wie hätte das denn ausgesehen?"

Audrey empfand fast Mitleid. Sie wusste ja selbst, wie schwierig es ist, das Privatleben nicht öffentlich machen zu wollen. Von ihren Londoner Kollegen wusste beispielsweise niemand von ihren lesbischen Tendenzen oder von ihrer „Karriere" als Sängerin in der Band *Dark Lady*. Ganz zu schweigen von ihrer Beziehung zu Catherine, die vor einigen Wochen als

Tatverdächtige verhört worden war. Diese Dinge hatte sie geheim gehalten, obwohl es nicht immer einfach gewesen ist. Sie konnte daher sehr gut nachvollziehen, dass Dylan die letzten Tage versucht hatte, seine Affäre mit Katharina nicht zu erwähnen. Aber besonders klug war es natürlich nicht gewesen. Spätestens als er sich auf dem Überwachungsvideo entdeckte, hätte er den Kollegen reinen Wein einschenken müssen. Jetzt war er Tatverdächtiger Nummer eins und Carter kostete die Situation so richtig aus.

„Ok, Dylan. Jetzt erzähle uns mal von der Nacht, in der deine Freundin *Black Rose* ermordet wurde. Jenny hat dich auf den Überwachungsbildern des Hotels entdeckt. Du warst also dort."

„Aber nicht lange. Wir haben nur eine schnelle Nummer geschoben und danach bin ich sofort wieder gegangen."

„Hast du die Handschellen ins *Best Western* mitgebracht?"

„Natürlich nicht. Ich stehe nicht auf solch ein Zeug und Katharina auch nicht. Die muss der Mörder mitgebracht haben."

„Und das sollen wir dir glauben? Wie lange lief denn die Affäre schon?"

„Seit über einem Jahr."

„Da hat dir Julia ja nicht lange als einzige Frau gereicht. Und jetzt ist sie schwanger und du vögelst weiter andere Bräute, die sich für Geld ausziehen", lästerte Carter. Audrey gefiel überhaupt nicht, wie sich das Gespräch entwickelte. Es war eigentlich nur noch eine Frage der Zeit bis Morris die Nerven verlöre und auf Carter losging. Das musste sie verhindern, griff wieder in die Unterhaltung ein und gab Carter einen Wink, dass er sich erst einmal zurückhalten sollte: „Also, Dylan. Erzählen Sie uns einfach, ob Sie eine Idee haben, wer einen Grund gehabt haben könnte, Katharina Leid zuzufügen."

„Ich kann mir überhaupt niemanden vorstellen, der Katharina umbringen wollte."

„Wie sieht denn Ihre Beziehung zu Natasha Ivanova aus?"

„Ich kannte sie nur aus der *Fantasy Lounge*. Habe mir da ab und zu einen Lapdance von ihr gegönnt. Der geht ja dort aufs Haus. Der Geschäftsführer pflegt gute Kontakte zur Polizei." Carter schüttelte scheinbar entrüstet den Kopf und wurde von Audreys strengen Blicken gemaßregelt. „Außerhalb des Clubs habe ich sie nicht einmal getroffen. Das müssen Sie mir glauben, Detective Weaver."

„Sie muss gar nichts von deinem Geschwafel für bare Münze nehmen", mischte sich Carter ein. „Langsam habe ich die Schnauze gestrichen voll von deinen Lügen. Ist doch offensichtlich, dass du beide Frauen umgebracht hast, damit Julia euer Kind bekommen kann, ohne dass du ihr was von deinen Affären erzählen musst. Die beiden haben bestimmt damit gedroht, es Julia zu sagen und dann wäre die Kacke am dampfen gewesen."

„Das ist doch Bullshit, Carter. Und das weißt du auch", erwiderte Morris aufgebracht und angewidert von seinem Kollegen.

„Lasst uns nach Hause fahren und am Vormittag wird Dylan eine offizielle Aussage machen", versuchte Audrey die Situation zu retten. Die Chance, den Ball flach zu halten, dürfte soeben endgültig vergeben worden sein. Carter wollte nichts unter den Teppich kehren, das war nicht zu ändern.

„Gute Idee", erwiderte Carter. Sie bezahlten ihre Getränke und verließen das *Blue Nowhere*. Da Morris schon einige Biere zu viel intus hatte und nicht mehr fahrtüchtig war, sollte er zum nahegelegenen Taxistand gehen, während Carter Audrey an ihrem Hotel absetzen wollte. Audrey ging voraus, als sie hinter sich plötzlich ein furchterregendes Geräusch, welches sie stark an das Zurückziehen eines Pistolenschafts erinnerte, hörte. Angsterfüllt drehte sie sich langsam um. Sie blickte tatsächlich in den Lauf einer Pistole. Der Mann, der die Waffe in den Händen hielt, setzte ein teuflisches Lächeln auf und drückte, ohne mit der Wimper zu zucken, ab. Audrey schrie noch ein verzweifeltes „NEIIIIN", wurde von zwei Kugeln in die Brust getroffen und ging zu Boden. Bevor sie das Bewusstsein verlor, hörte sie noch weitere Schüsse. Danach umgab sie nur noch Dunkelheit.

„Catherine, ich habe eine schlimme Nachricht für dich. Audrey wurde angeschossen. Sie ist den

Verletzungen erlegen. Es tut mir schrecklich leid." Vanessa wartete die Reaktion von Catherine am Telefon erst gar nicht ab und legte auf. Bei ihrem ersten Auftrag für die Königin hatte sie kläglich versagt. Für sie stand außer Zweifel, dass Catherine sie wegen Unfähigkeit zum Tode verurteilen würde. Vanessa musste sich nun fragen, ob sie ein Leben auf der Flucht führen wollte oder nach Transsilvanien zurückkehren sollte, damit ihr dort der Prozess gemacht werden konnte. Beide Lösungen schienen wenig erstrebenswert. Ihr Leben als Vampir schien endgültig verpfuscht.

Nicht nur Catherine wurde die fürchterliche Nachricht übermittelt. Inspektor Monroe rief in London die gesamte Truppe der Mordkommission zusammen, um den Tod einer Kollegin zu verkünden: „Es ist ein sehr trauriger Moment für uns alle. Wie Sie wahrscheinlich bereits gehört haben, wurde unsere geschätzte Kollegin Detective Audrey Weaver in Cardiff in Ausübung ihres Jobs getötet. Was die Sache noch verschlimmert ist die Tatsache, dass sie von einem Polizisten umgebracht worden ist. Lasst uns eine Schweigeminute einlegen und dann wieder an unsere Arbeit gehen, auch wenn es uns heute natürlich schwer fallen wird." Selbst die hartgesottensten Männer hatten in diesem Augenblick feuchte Augen. In der Abwesenheit von Hunter müsste Monroe die Aufgabe übernehmen,

Audreys Eltern die tödliche Nachricht zu übermitteln. Darum beneidete ihn niemand.

Zur gleichen Zeit ließ sich in Cardiff Inspektor Ian Mills von Detective Carter die Ereignisse der letzten Nacht schildern.

„Wir verließen das *Blue Nowhere* gegen zwei Uhr, nachdem Morris gestanden hatte, der Liebhaber von Katharina und Natasha gewesen zu sein. Die beiden wollten ihn bloßstellen und die Affären seiner Frau Julia auf die Nase binden. Daher entschloss Morris sich dazu, die beiden Striptease-Tänzerinnen zu töten. Er hatte von den Londoner Morden gehört und versuchte diese zu kopieren, damit erst gar nicht der Verdacht auf ihn fallen könnte."

Carter schildete die Unterhaltung aus dem *Blue Nowhere* nicht ganz wahrheitsgetreu. Das konnte Mills natürlich nicht wissen. Offensichtlich wollte Carter seinen ungeliebten Kollegen Morris zum Schuldigen stempeln, obwohl er die Taten gar nicht gestanden hatte und somit keine ausreichenden Beweise vorlagen, die ihn mit den Morden in Verbindung brachten.

„Du sagst, dass Dylan die beiden Frauen getötet hat. Wie konnte er sich dabei nur so dumm anstellen? Er hätte doch wissen müssen, dass wir seine engen Kontakte zu den Opfern herausfinden würden."

„Na ja, Inspektor. Wenn in Zusammenarbeit mit Irina nicht solch eine großartige Phantomzeichnung entstanden wäre, hätten wir voraussichtlich niemals herausgefunden, dass er mit den beiden Opfern geschlafen hatte. Die Überwachungsbilder aus den Hotels hat er ja selbst bearbeitet, so dass seine Präsenz dort in den Mordnächten überhaupt nicht aufgefallen wäre. Er hat einfach nur großes Pech gehabt. In meinen Augen war der Plan gar nicht schlecht, es auf einen Serienkiller zu schieben."

„Ok, Carter. Dann erzähl mir bitte mal, was vor dem *Blue Nowhere* genau passiert ist." Mills wollte einfach nicht glauben, dass Dylan Morris ein eiskalter Mörder sein sollte, der sogar vor Polizisten nicht Halt machte.

„Detective Weaver und ich gingen zu meinem Dienstwagen, Morris folgte uns nur wenige Schritte zurück. Wir wollten zusammen ins Revier fahren, damit Morris seine offizielle Aussage zu Protokoll gibt. Plötzlich hörten Weaver und ich, wie jemand eine Pistole scharf machte. Wir drehten uns um und sahen Morris mit einer Waffe in der Hand. Er gab zwei Schüsse auf unsere Londoner Kollegin ab, bevor ich reagieren konnte. Ich zog meine eigene Waffe, Dylan schoss ein weiteres Mal, verfehlte mich nur um Haaresbreite. Dann erwischte ich ihn mit zwei gezielten Schüssen in den Kopf. Morris war sofort tot. Audrey lebte noch wenige Augenblicke, aber nicht lange genug bis der Krankenwagen eintraf."

„Warum hast du ihm nicht die Waffe abgenommen, sobald er die Morde gestanden hatte? Das war doch ein Anfängerfehler."

„Wir haben ihm seine Dienstwaffe natürlich abgenommen. Für wie dumm hältst du mich eigentlich? Er hatte zu unserem Pech eine Ersatzwaffe dabei gehabt. Das konnten wir doch nicht ahnen. Wer läuft denn schon in seiner Freizeit mit zwei Pistolen durch die Gegend?"

„Trotzdem hättet ihr ihn untersuchen und ihm Handschellen anlegen müssen. Schließlich hatte er gerade zwei Morde gestanden."

„Jetzt gib mir nicht die Schuld, Ian. Wer wollte denn, dass wir inoffiziell ermitteln? Das warst du! Ich hätte ihn sofort zur Fahndung ausgeschrieben und dann wären wir mit größerer Mannschaft aufgelaufen und hätten ihn sofort ins Revier gebracht. Detective Weaver könnte noch leben. Den Umstand musst du auf deine Kappe nehmen."

Mills musste schweren Herzens zugeben, dass es im Nachhinein nicht gut für ihn selbst aussah, dass er Morris erst die Chance geben wollte, die Sache aufzuklären, bevor gegen ihn polizeiliche Schritte unternommen werden sollten. „Maddox, du kennst das Vorgehen. Du wirst solange Innendienst schieben, bis die Dienstaufsicht grünes Licht gibt. Sollte die Ballistik deine Aussage stützen, darfst du in ein paar Tagen wieder auf die Straße."

„Alles klar, Mills. In deiner Haut möchte ich jetzt nicht stecken. Das ist doch ein gefundenes Fressen für die Presse. Ein walisischer Polizist tötet nicht nur zwei Girls aus unseren Strip-Clubs, sondern auch noch einen Detective, den die Londoner Polizei zur Unterstützung geschickt hatte." Carter schien vom Tod der beiden Polizisten emotional völlig unberührt zu sein, obwohl er ja selbst erst vor wenigen Stunden einen – wenn auch ungeliebten – Kollegen erschossen hatte.

„Das wäre es für den Augenblick, Carter. Halte dich für die Dienstaufsicht bereit. Die haben mit Sicherheit noch weitere Fragen an dich", beendete der Inspektor das Gespräch. Seine Karriere hing jetzt am seidenen Faden. Was ihn an der Aussage von Carter am meisten störte, war die Tatsache, dass Morris zuerst auf Audrey Weaver geschossen hatte und nicht auf Carter. Dies machte eigentlich keinen Sinn, da die Londoner Polizistin in Cardiff ohne Waffe unterwegs gewesen ist. An Dylans Stelle hätte er sich Maddox vorgenommen. Irgendwas war faul an der Sache. Hatte es eventuell noch einen weiteren Schützen gegeben, den Maddox deckte? Und jetzt wollte er es so aussehen lassen, dass Dylan der Schuldige wäre? Das machte noch weniger Sinn. Warum sollte er so etwas tun?

Der Inspektor fuhr nach dem Gespräch mit Carter zu Julia Morris. Der Tod ihres Mannes war ihr bereits von Kollegen mitgeteilt worden. Da er sich aber selbst als Freund der Familie Morris sah, wollte er seine Anteilnahme direkt überbringen. Eventuell konnte Julia auch noch etwas Licht ins Dunkel bringen. Mills wirkte sichtlich angeschlagen. Morris sollte ein dreifacher Mörder sein. Zählte man das ungeborene Kind von Natasha mit, sogar ein vierfacher Mörder. Das durfte einfach nicht wahr sein. Vor dem Haus des erschossenen Polizisten stand noch ein Streifenwagen, als der Inspektor eintraf. Er sprach kurz mit den Streifenbeamten und schickte sie dann wieder auf Streife. Er klingelte an der Wohnungstür und Julia öffnete kurze Zeit später die Tür. Sie umarmten sich kurz und Mills sagte: „Es tut mir schrecklich leid, Julia. Ich kann es auch noch nicht fassen, dass zwei Polizisten tot sind und es Dylan erwischt hat."

„Dylan hat niemand umgebracht. Das würde er mir und dem Baby niemals antun", sprach Julia unter Tränen.

„Ich würde dir gerne glauben, aber leider sprechen die Beweise eine andere Sprache. Wusstest du denn von den Affären deines Mannes?"

„Du weißt doch selbst wie das ist. Ab und zu brauchte Dylan ein bisschen Abwechslung nach einem anstrengenden Arbeitstag. Aber er liebte mich, davon bin ich felsenfest überzeugt. Ohne ihn wäre ich immer noch Striptease-Tänzerin. Durch meine Ehe mit Dylan hat sich vieles in meinem Leben zum Besseren gewendet. Da konnte ich schon mal über den einen oder anderen Seitensprung hinwegsehen."

„Das heißt, du wärst nicht total ausgerastet, wenn dich jemand von den Frauen kontaktiert und dir von den Affären berichtet hätte?"

„Ach was. Ich habe Dylan sogar ermuntert, dass er während der Schwangerschaft sich noch ein letztes Mal austoben soll, danach aber für mich und unser Baby da wäre."

Dazu fiel Mills keine Antwort ein. Er verabschiedete sich von Julia und fuhr gedankenverloren zurück ins Hauptquartier. Ein schwarzer Tag für ihn und die Polizei in Cardiff neigte sich dem Ende zu. Die Auswirkungen würden noch sehr lange nachhalten.

George Hunter entdeckte auf seinem Smartphone eine neue Textnachricht, die ihm das Blut in den Adern gefrieren ließ:

„Hallo, Inspektor Hunter. Detective Weaver wurde in Cardiff erschossen. Die Beisetzung findet übermorgen statt. Tut mir sehr leid. Mit unfassbar traurigen Grüßen aus London, Detective Roseberry."

Hunter wollte nicht glauben, was er las. Einer seiner besten Detectives und sympathischsten Kollegen lebte nicht mehr. Wie war das nur möglich. Er würde seinen Urlaub abbrechen müssen und nach England zurückkehren, um an der Beisetzung teilzunehmen. Mit schwacher Stimme erzählte er seiner Frau Margaret von der erschütternden Nachricht. Sie nahm ihn in den Arm und dann ließen beide ihrer Trauer freien Lauf. Aus dem schönsten Urlaub seit langer Zeit war nun einer der traurigsten geworden. Das Leben war einfach nicht gerecht, sinnierte Hunter. Als Polizist konnte es einen prinzipiell natürlich jeden Tag erwischen. Nur dachte man meist nicht daran und wenn dann doch jemand getötet wurde, war der Schock umso größer. Selbst bei einem hartgesottenen Burschen, wie er es war. Und häufig erwischte es die jüngeren Kollegen. Weaver war ja noch keine dreißig Jahre alt gewesen. Zumindest hatte sie keine Kinder gehabt, ging es ihm durch den Kopf. Das blieb aber nur ein schwacher Trost.

12. Oktober

George Hunter raffte sich einen Tag nach Audreys Beisetzung dazu auf, ins Büro zu gehen. Sein Urlaub lief zwar noch einige Tage, aber an Entspannung war ohnehin nicht mehr zu denken. Also konnte er auch arbeiten, dachte er sich. Als erstes fiel ihm der Brief der Anwaltskanzlei *Davonport und Partner*, der mit dem Vermerk „Persönlich" geliefert worden war, ins Auge. Er riss das Couvert auf und las die erste Seite, die von den Anwälten geschrieben worden war. Der Text wies darauf hin, dass in einem weiteren verschlossenen Umschlag, der sich ebenfalls im Couvert befand, ein Schreiben von Carl Decker steckte und im Falle seines Todes an Hunter geliefert werden sollte. Verfolgte ihn denn sein ehemaliger Squash-Kumpel sogar noch nach seinem Tod, ging es Hunter durch den Kopf. Was konnte denn so wichtig sein, dass Decker vor seinem Dahinscheiden eine Anwaltskanzlei beauftragt hatte, ihm ein Schreiben zuzusenden. Hunter besaß nicht die leiseste Idee, um was es sich handeln könnte. Er öffnete den kleineren Umschlag und begann den Text von Decker zu lesen. Nachdem er ihn sich zweimal zu Gemüte geführt hatte, wusste er nicht, ob er lauthals lachen oder sich vor Angst in eine Ecke verkriechen sollte. Was hatte sich Decker nur dabei gedacht, solch eine unglaubliche Geschichte zu verfassen und ihm zu schicken. Hunter fand darauf erst einmal keine plausible Antwort. Der Text des Schreibens lautete:

Hallo George,

ich habe diesen Brief im September bei meinen Anwälten hinterlegt. Da er dir nur zugestellt werden soll, wenn ich eines gewaltsamen Todes sterbe, hat es mich wohl tatsächlich erwischt. Ich weiß, dass sich die folgenden Zeilen verrückt anhören, aber bitte glaube mir: Es handelt sich dabei um die reine Wahrheit. Ich bin nicht wahnsinnig geworden und will dich auch nicht verarschen.
Einige Jahre habe ich - wie du weißt - als Geschäftsführer den Club Princess of Darkness

geleitet. Eigentümerin und damit meine Chefin war Catherine Drake. Du kennst sie besser unter dem Namen Catherine Parker aus einem Fall, wo sie als dringend Tatverdächtige von dir verhört worden war. Sie hatte den Schotten Jack Miller damals wirklich getötet, wie du seinerzeit schon vermutetet hattest. Außerdem unterhält sie schon seit längerer Zeit eine sexuelle Beziehung zu deinem Detective Audrey Weaver. Dies ist ja prinzipiell nichts Außergewöhnliches. Aber Catherine Drake ist kein Mensch, sondern ein Vampir. Sie agiert seit vielen Jahren als Oberhaupt der Londoner

Vampire und gehört somit zu den mächtigsten Geschöpfen auf Erden. Das PoD ist der zentrale Treffpunkt für die Untoten in London. Oftmals werden dort menschliche Opfer ausgewählt. Nutze diese Informationen so gut es geht, aber sei bitte vorsichtig. Diese Bestien kennen keine Gnade und besitzen Kräfte, von denen wir nur träumen können. Ich habe leider nicht den leisesten Schimmer, wie man sie töten kann. Eigentlich sind sie ja schon tot. Deine süße Kollegin Weaver kannte übrigens auch Vladimir, den du wegen Mordes gesucht hast. Habe die beiden im PoD getroffen. Er ist ebenfalls ein mächtiger Vampir. Ich weiß das, weil ich mit ihm Geschäfte gemacht habe. Wenn dir mal irgendwo die Droge „Bloody C" unterkommen sollte, dann pass auf. Dabei handelt es sich um Vampirblut. Die Dealer sind mit Sicherheit Vampire.

Gruß aus dem Jenseits
Carl Decker

Hunter schüttelte minutenlang seinen kahlgeschorenen Kopf. Er konnte sich einfach keinen Reim darauf machen. Warum verfasst jemand solch einen abstrusen Text? Nach dem Suizid von Decker hatten sie ja bereits einen Abschiedsbrief gefunden, in dem Carl gestand, selbst mehrere Morde in Auftrag gegeben zu haben. Und nun dieses Schreiben. Es wurde immer verworrener. Gleichzeitig bezichtigte er Audrey auch noch der Lüge. Falls sie wirklich eine Beziehung zu Catherine gehabt haben sollte, hätte sie dies bei den Ermittlungen natürlich aussagen müssen. Ob nun Vampir oder nicht. Insgeheim musste er sich eingestehen, dass Jack Millers Körper Verletzungen aufwiesen, die die Gerichtsmediziner nicht erklären konnten. Außerdem war sein Körper nahezu blutleer gewesen. Sollten Vampire tatsächlich existieren? Hunter glaubte beinahe, seinen eigenen Verstand zu verlieren. Mit wem könnte er über Deckers Schreiben sprechen, ohne dass er selbst für verrückt gehalten würde. Am besten er ermittelte erst einmal auf eigene Faust im *PoD*. Zum Affen machen wollte er sich nicht bei seinen Kollegen. An überirdische Wesen glaubte er natürlich nicht. Aber vielleicht handelte es sich ja um eine Gemeinschaft von Wahnsinnigen, die sich selbst für Vampire hielten. So etwas konnte man nicht völlig ausschließen.

Am späten Abend suchte Hunter das *PoD* auf. Er war im Rahmen von Mordermittlungen im Miller-Case bereits einige Male dort gewesen, wäre allerdings niemals auf den Gedanken gekommen, dass es sich um einen Ort handeln könnte, in dem Vampire verkehrten. Die knackige Vampirlady vor dem Eingang und die falschen Vampirzähne, die verkauft wurden, besaßen natürlich einen Bezug zu Vampiren. Aber doch nur, um Touristen das Geld aus der Tasche zu ziehen, vermutete Hunter. Carl Decker war ihm immer sehr geschäftstüchtig erschienen, aber dass sein Boss Catherine ein Vampir gewesen sein könnte, war ihm natürlich niemals in den Sinn gekommen. Die Türsteher machten auf ihn allerdings schon einen gefährlichen und düsteren Eindruck. Sie sahen nicht wie die Kerle aus, die bei vergleichbaren Clubs für Ordnung sorgten und nur ausgewähltes Publikum hereinließen. Weder waren es Glatzköpfe, noch trugen sie Bomberjacken, die breite Schultern verdeckten. Sie wirkten eher schmächtig, waren modern gekleidet und sprachen kultiviert. Was sie gefährlich aussehen ließ, waren ihre stechenden Augen, die einem den Eindruck vermittelten, dass sie einen durchdringen konnten. Hunter schüttelte die lästigen Gedanken ab und begab sich in das Innere des Clubs. Seit dem Selbstmord von Carl Decker, der sich im Büro oberhalb des *PoD* gerichtet hatte, schien sich wenig verändert zu haben. Hunter schlenderte zur Theke und fragte einen der Barkeeper, den er aus früheren Besuchen kannte: „Hey, Meister. Ist der neue Geschäftsführer zu sprechen?"

„Ich schaue mal nach, Inspektor." Einige Minuten später kam der Barkeeper zurück und teilte Hunter mit, dass er sich noch etwas zu gedulden hatte, da erst noch ein wichtiges Telefonat beendet werden müsste.

„Alles klar, dann schenk mir mal ein Bierchen ein, damit die Wartezeit nicht zu langweilig wird." Ein bisschen Alkohol könnte er jetzt wirklich gut gebrauchen, dachte Hunter. Der Brief von Decker hatte ihm doch ziemlich zugesetzt. Nicht nur, dass Decker von der Existenz der Vampire geschrieben hatte. Beunruhigend war auch, dass Audrey offenbar eine Beziehung zu Catherine eingegangen war und ihm dies verschwiegen hatte, obwohl Catherine eine Tatverdächtige gewesen ist. Ihm war nicht klar, ob sie es nur nicht erzählt hatte, weil sie ihre lesbische Lebensweise nicht offenbaren oder weil sie nicht von dem Fall abgezogen werden wollte. Vielleicht hatte sie ihrer Freundin sogar von den Ermittlungen berichtet und ihr dabei geholfen, die Tat zu vertuschen. Kurze Zeit später war sie dann mit dem Auftragskiller und potenziellem Vampir Vladimir in Londons Nachtleben unterwegs gewesen. Er musste sich schweren Herzens eingestehen, dass er nicht viel von seiner ehemaligen Kollegin wusste. Nun spielte es natürlich keine Rolle mehr, da Audrey erschossen worden ist, beendete Hunter seine trüben Gedankengänge. Trotz allem hatte er sie sehr gemocht.

„Inspektor, mein Chef hat jetzt Zeit für Sie", meldete sich der Barkeeper, nachdem Hunter bereits sein zweites Bier ausgetrunken hatte. Er sitzt in dem ehemaligen Büro von Decker. Sie kennen ja den Weg noch, oder?"

„Ja, danke", erwiderte Hunter, trank sein Bier aus, stieg vom Barhocker herunter und ging die Treppe, die zum Obergeschoß führte, hinauf. Er klopfte kräftig an die Bürotür des Geschäftsführers.

„Herein", schallte es aus dem Raum und Hunter trat ein. Marius erhob sich und begrüßte den Gast: „Guten Abend, Sie müssen Inspektor Hunter sein. Tut mir leid, dass Sie warten mussten."

„Das ist schon in Ordnung. Ich habe mich ja nicht angekündigt. Ich war zufällig in der Gegend und wollte einfach mal schauen, wer das *PoD* nun leitet. Ihr Vorgänger Carl Decker war ein Bekannter von mir, mit dem ich häufig Squash gespielt habe. Sind Sie ihm eigentlich jemals über den Weg gelaufen?"

„Nein, ich bin erst seit einigen Tagen in London und vorher noch nicht in der Stadt gewesen. Habe vorher in Italien gelebt. Da der Eigentümer des Clubs ein guter Freund von mir ist, habe ich die Geschäftsführung des legendären *Princess of Darkness* vorübergehend übernommen. Solange bis ein Nachfolger für Decker gefunden ist. Bin also im Idealfall nur einige Wochen hier", antwortete Marius. Dies entsprach zwar nicht der Wahrheit, aber er sah keinen Grund dem Inspektor mitzuteilen, dass er längere Zeit in London verweilen wollte und die letzten hundert Jahre in Transsilvanien verbracht hatte. Er fungierte dort jahrzehntelang als Stellvertreter von Sangus, dem ehemaligen *König der Finsternis*, bevor ihn die neue Königin zum Oberhaupt der Londoner Vampire ernannt hatte. Manche von seinen Freunden sagten auch, dass er „weggelobt" worden war und Catherine ihn nicht in Transsilvanien haben wollte, weil sein Verhältnis zu Sangus zu eng gewesen ist.

„Ach so. Ist Ihnen irgendwas Ungewöhnliches aufgefallen, seitdem Sie hier sind?"

„Was sollte das denn beispielsweise sein, Inspektor?"

117

„Ich weiß nicht, aber Ihr Vorgänger war an einigen krummen Geschäften beteiligt. Vielleicht ist ja jemand von seinen alten Geschäftspartnern auf Sie zugekommen und hat Sie belästigt."

„Bisher nicht."

„Sagt Ihnen der Name Catherine Drake etwas?"

„Leider nein. Sollte er? Kann ich sonst noch etwas für Sie tun, Inspektor?"

„Nur noch eine Frage: Wer ist der Eigentümer des Clubs? Carl machte immer ein großes Geheimnis daraus, wer denn sein Chef sei und die Gewinne einstrich."

„Der Eigentümer möchte sich weiterhin im Hintergrund halten und nicht genannt werden. Ich hoffe, Sie respektieren das, Inspektor."

„Ist schon ok. War nur neugierig." Hunter stand auf, nickte Marius zu und stieg die Treppe hinab. Er warf noch einen kurzen Blick in den Club, der sich mittlerweile gut gefüllt hatte. Die Gäste waren eine Mischung aus Touristen und Einheimischen. Hunter erkannte Touristen aufgrund ihres Verhaltens in der Regel sofort. Aber Vampire konnte er nicht identifizieren. Viel weiter gebracht hatte ihn der Besuch im *PoD* nicht, aber was hatte er auch anderes erwartet? Ihm gab nur zu denken, dass Marius den Namen des Eigentümers unter keinen Umständen Preis geben wollte. Er würde mal die Datenbanken nach diesem Marius durchforsten. Vielleicht fand er ja etwas Interessantes in seiner Vergangenheit.

118

Marius griff nach dem Telefonhörer. Am anderen Ende der Leitung nahm niemand ab, sondern er hörte nur eine automatische Sprachnachricht: „Ich bin derzeit nicht zu sprechen. Versuchen Sie es später noch einmal."

„Wir haben ein Problem, Catherine! Bitte ruf mich so schnell wie möglich zurück." Mehr wollte Marius auf der Mailbox nicht hinterlassen.

13. Oktober

Als Audrey wieder erwachte, schmeckte sie als erstes den leicht metallischen Geschmack von Blut in ihrem Mund. Sie hörte ein leises, freudiges Lachen und sie erkannte das dazugehörige Gesicht.

„Na, hat es meiner süßen Polizistin geschmeckt? Bist du wieder einigermaßen bei Kräften? Hoffe, der blonde Bursche war nach deinem Geschmack?"

Wovon redete Catherine da eigentlich, fragte sich Audrey. Sie schaute sich um und zuckte zusammen, als sie die in einer Ecke liegende zerfetzte Gestalt erblickte.

„Kein schöner Anblick, oder?", gab Catherine zum Besten.

Das letzte, woran sich Audrey erinnerte, war das Mündungsfeuer und das verächtliche Grinsen des Schützen, in das sie geschaut hatte, bevor er die Kugeln abfeuerte. Danach existierte nur noch tiefste Dunkelheit. Und trotzdem ging es ihr jetzt großartig. Sie fühlte sich satt, als ob sie ein riesiges Steak gegessen hätte. Sie leckte sich ein wenig Flüssigkeit von ihrem Daumen. Das Zeug hatte einen leicht metallischen Geschmack, ihre Hand schimmerte leicht rötlich. Nun realisierte sie, was sie sich da gerade von den Fingern leckte. Ein Gefühl der Abscheu überkam sie. Hatte sie einen Menschen getötet und sein Blut getrunken? Sie konnte sich an die jüngere Vergangenheit nicht erinnern.

„Ganz recht, mein Schatz", sagte Catherine, die Audreys Gedanken las. „Du hast den ersten Schritt getan, um als Vampir überleben zu können. Aber keine Angst, du hast ihn nicht umgebracht. Das habe ich für dich getan. Du hast nur sein Blut getrunken und bist davon regelrecht umgehauen worden. Warst wie im Rausch und wurdest bewusstlos, so dass du dich nicht daran erinnern kannst, wie gierig du das Blut des Menschen verschlungen hast."

Audrey blickte die Königin verständnislos an. Was redete denn Catherine da für einen Nonsens? Sie blickte wieder auf ihre blutverschmierten Hände und schaute sich um. Erst jetzt fiel ihr auf, dass sie sich in einem dunklen Keller ohne jegliches Licht befanden. Trotzdem konnte sie alles kristallklar sehen, als ob Tageslicht den Raum erhellen würde. „Was ist mit mir passiert, Catherine?"

„Du wurdest in Cardiff angeschossen und bist gestorben."

„Gestorben?"

„Ganz richtig. Und zurückgekehrt. Du hattest gerade genug Blut von Vanessa in deinem Körper, um die Verwandlung zu vollziehen. Ich habe zwei Tage und Nächte mit dir in deinem Sarg unter der Erde verbracht und auf das Erwachen gewartet. Du hattest unendlich viel Glück, dass du verwandelt werden konntest. Hättest du Vanessa nicht an deiner Seite gehabt und sie hätte dich nicht mit ihrem Blut versorgt, wäre eine Verwandlung nicht möglich gewesen. Marius hat uns ausgebuddelt und aus dem

Sarg wieder herausgeholt. Jetzt bist du unsterblich und als meine Gefährtin endlich mit mir auf ewig verbunden, meine Prinzessin." Catherine schien in bester Stimmung zu sein. Nun hatte sie ihr Ziel erreicht, Audrey zu einem Vampir zu machen, ohne dass sie die Polizistin selbst töten musste. Das würde die Sache hoffentlich einfacher gestalten, dachte sie. Obwohl Vanessa sich als unfähig erwiesen hatte, Audrey zu schützen, war sie ihr insgeheim sogar dankbar. Immerhin hatte sie Audrey genügend Vampirblut eingeflößt, so dass ihre Geliebte als Untote weiter existieren konnte. Sie würde ein sehr mildes Urteil fällen, sobald sie wieder in Transsilvanien einträfen. Vanessa durfte im Exil weiter leben. Wo Catherine sie hinschicken würde, wusste sie noch nicht.

„Wo sind wir?"

„Im Keller meines Schlosses, in der Nähe von London. Deine Beisetzung fand vor zwei Tagen statt. Wie ich gehört habe, wollten sich sehr viele Menschen von dir verabschieden. Du scheinst sehr beliebt gewesen zu sein. Sobald du dich ein bisschen an deinen neuen Zustand gewöhnt hast, werden wir nach Transsilvanien aufbrechen. In England darf dich niemand mehr sehen. Du bist schließlich tot und wurdest unter die Erde gebracht."

Audrey sah an sich herunter. Sie trug ein schneeweißes Kleid, welches sie zu ihrem fünfundzwanzigsten Geburtstag von ihrer Mutter geschenkt bekommen hatte. Offensichtlich war sie in diesem Kleid beerdigt worden. Es war nun leicht blutverschmiert. Sie zog es aus und tastete ihre Brust ab, wo die Kugeln sie getroffen haben mussten. Es war nichts zu fühlen oder zu sehen. Als ob es niemals geschehen wäre. Scheinbar heilten ihre Wunden nach der Verwandlung zum Vampir vollständig. Es ließ sich nicht mehr leugnen. Ihr menschliches Leben ist ausgelöscht worden und sie war nun ein Wesen, welches sich nach Menschenblut verzehrte. Sie spürte bereits wieder Hunger in sich aufsteigen.

„Der Hunger lässt nach, sobald du dich besser unter Kontrolle hast. Die ersten Tage sind schlimm. Das weiß ich aus eigener Erfahrung. Aber ich werde dir beistehen, so gut es eben geht. In unserem Schloss in Transsilvanien haben wir immer menschliches Blut vorrätig. Dort kannst du dich nähren, ohne dass du auf die Jagd gehen musst. Und in einigen Wochen bist du stark genug, selbst zu entscheiden, ob du Menschen attackieren oder sogar töten willst."

Audreys Hunger wurde stärker und am liebsten hätte sie sich bereits in diesem Moment ein menschliches Opfer gesucht und es ausgeweidet. Sie empfand gegenüber ihrem Mörder unendlichen Hass. Schließlich hatte er sie letztendlich zu dem gemacht, was sie nun war - ein elender Blutsauger. Sie würde niemals wieder die Sonnenstrahlen auf ihrer Haut fühlen oder mit ihrer Band auftreten können. Es war ein Desaster. „Ich muss nach Cardiff, Catherine."

Die Königin schüttelte verwundert den Kopf und fragte: „Warum denn? Dein Mörder ist von einem anderen Polizisten gerichtet worden. Für dich gibt es dort nichts mehr zu erledigen."

„Du kannst mich gerne begleiten. Aber ich werde noch einmal nach Cardiff zurückkehren."

„Ich will mich jetzt nicht mit dir streiten. Wenn du es unbedingt möchtest, fliegen wir heute, sobald die Sonne untergegangen ist, nach Wales, damit du dort tun kannst, was immer du für richtig hältst. Danach werden wir dann aber nach Transsilvanien aufbrechen. Ich muss meine Inthronisierungsfeier vorbereiten und kann mich nicht rund um die Uhr um dich kümmern."

„Danke, Catherine", antwortete Audrey mit Schaum vor dem Mund und rot leuchtenden Augen. Sie brauchte unbedingt frisches Blut. Das war unverkennbar. Die Gier in den ersten Tagen nach der Verwandlung kannte keine Grenzen. Deshalb war es so wichtig, dass neu erschaffene Vampire in den ersten Wochen einen älteren Vampir an ihrer Seite hatten, der sie leitete. Ansonsten würde diese Gier zu einem Massaker unter den Menschen führen und die Gefahr, dabei erwischt zu werden, wäre extrem hoch.

Catherine führte Audrey in einen anderen Raum des riesigen Kellers. Dort lag eine männliche Person auf einer Trage, der von einem Diener Catherines gerade Blut abgezapft wurde. Audrey konnte sich kaum noch zurückhalten, als ihr der süßliche Geruch des Blutes in die Nase stieg. Aber Catherine reagierte blitzschnell und umarmte die ehemalige Polizistin, so dass sie sich nicht auf den Menschen stürzen konnte. „Ganz ruhig, Audrey. Du bekommst dein Blut ja. Mustafa wird dir gleich ein großes Glas einschenken. Das sollte dann für heute Nacht genügen." Catherine fühlte sich phantastisch. Endlich hatte sie eine Gefährtin, die sie abgöttisch liebte, an ihrer Seite und das hoffentlich bis zum Ende ihrer Tage.

Audrey genoss das Menschenblut sichtlich, als sie es trank. Kurz danach kam aber wieder ihre noch vorhandene menschliche Seite zum Tragen und sie fing laut an zu kreischen. Catherine führte sie aus dem Zimmer heraus und sie begaben sich in den Schlafraum, in dem mehrere Särge standen. „Ich passe auf dich auf, Kleines", sagte Catherine und hob Audrey vorsichtig in einen Sarg. Anschließend legte sie sich dazu, um ihre Gefährtin einige Stunden im Arm zu halten. Die nächsten Nächte würden nicht einfach werden, aber am Schluss müsste Audrey ihr Dasein als Vampir akzeptieren. Es gab keine Alternative.

Direkt nach Sonnenuntergang fuhren sie zum Flughafen und stiegen in Catherines Gulfstream, um nach Cardiff zu fliegen. Vorher trank Audrey noch etwas Blut. Sie las im Internet die Schlagzeilen zu ihrem eigenen Tod und konnte es nicht fassen. Für die ganze Welt war sie nicht mehr existent. Was mochten ihre Eltern gedacht haben, als sie hörten, dass sie erschossen worden war. Es war eine Tragödie. Von keinem Menschen hatte sie sich verabschieden können. Und nun war sie ein Vampir und konnte nur noch im Verborgenen leben. Kein Mensch durfte sie erkennen, das war ihr klar. Das hieße aber auch, dass es das sicherste wäre, sie würde sich von London in nächster Zeit fernhalten.

In Cardiff stand – laut Pressemitteilungen – die Polizei unter starken Beschuss. Einen Polizisten, der drei Frauen getötet hatte, darunter eine Kollegin aus London, dürfte es dort schon lange nicht mehr gegeben haben. Inspektor Mills stand kurz vor der Ablösung. Ein heißer Kandidat für seine Nachfolge sollte Detective Maddox Carter sein. Audrey erinnerte sich an die letzte Begegnung mit ihm und lächelte. Dieser arrogante Mistkerl.

„Was bringt dich zum Lächeln, mein Schatz?", fragte Catherine.

„Ich habe nur gelesen, dass einer der Polizisten, mit denen ich in meiner Todesnacht unterwegs gewesen bin, demnächst befördert werden soll."

„Wann möchtest du mir denn nun erzählen, was du in Cardiff noch so wichtiges zu erledigen hast?"

„Du siehst, wenn es soweit ist", erwiderte Audrey nebulös.

Catherine, die nicht gerade für ihre Geduld bekannt war, stand kurz vor einer Explosion. Ihr war natürlich bewusst, wie schwer die ersten Tage nach der Verwandlung für Audrey sein würden. Aber trotzdem kotzte sie es regelrecht an, dass ihre Freundin sie im Dunkeln tappen ließ, was den Zweck der Cardiff-Reise betraf. Kurz vor ihrer Abreise hatte Catherine noch mit Marius telefoniert, der ihr von dem unerwarteten Polizeibesuch im *PoD* berichtete. Marius hatte ihr mitgeteilt, dass Audreys früherer Kollege mit unangenehmen Fragen im *PoD* aufgeschlagen war.

„Hast du eine Ahnung, was Inspektor Hunter im *PoD* gewollt haben könnte, Audrey? Er hat sich nach dem Eigentümer des Clubs erkundigt. Und was noch beunruhigender ist: Er kannte den Namen Drake, obwohl er mich nur unter dem Namen Catherine Parker kennen dürfte."

Ein leichtes Kopfschütteln war die einzige Antwort, zu der die ehemalige Polizistin bereit zu sein schien. In ihrem Kopf schwirrten derweil andere Gedanken herum, die nichts mit London zu tun hatten.

Am späten Abend erreichten sie einen Vorort von Cardiff. Um nicht aufzufallen, fuhren sie vom Flughafen mit einem Wagen und nutzten nicht ihre Vampirkräfte, um an den nahegelegenen Ort zu gelangen. Audrey hielt in einer wenig belebten Straße an: „Catherine, am besten du wartest im Auto und behältst die Umgebung im Auge. Ich muss einem alten Bekannten in Nummer 23 einen Besuch abstatten.

„Was hast du vor?" Catherine war es nun endgültig Leid über das Vorhaben ihrer Freundin im Unklaren gelassen zu werden.

„Das ist was Persönliches. Ich muss das allein regeln."

„Ist eine Schnapsidee. Du bist noch nicht soweit, dass du ohne meine Hilfe auskommst. Deine Kräfte sind noch nicht stark genug ausgebildet. Habe ein bisschen Geduld, in ein paar Wochen fühlst du dich großartig und besitzt unglaubliche Kräfte und lässt dich nicht nur von deinen Gefühlen treiben. Aber momentan bist du nichts anderes als ein Welpe mit einer Riesenwut im Bauch. Du hast dich nicht unter Kontrolle. Alles, was du jetzt tust, wirst du später vielleicht bitter bereuen. Also, lass mich dir helfen."

„Nein, Catherine. Warum lässt du mich nicht einfach in Ruhe?"

Nun hatte die Königin endgültig genug von dem aufsässigen Verhalten des jungen Vampirs und schlug Audrey mit der flachen Hand brutal ins Gesicht. Der Schlag war so mächtig, dass Audrey einige Meter weit geschleudert wurde und zu Boden ging. Das machte sie nur noch wütender und blutrünstiger, und sie stürmte auf das Haus mit der Nummer 23 zu. Catherine lächelte genervt, hielt ihre Freundin aber nicht davon ab, über den Balkon im ersten Stock ins Haus einzusteigen. Audrey lauschte den Geräuschen in den angrenzenden Zimmern. Aus dem benachbarten Raum war ein leises Schnarchen zu hören. Sie bewegte sich lautlos in das

Zimmer und sah eine rothaarige Frau im Bett liegen. Das dürfte wohl die Gattin ihres Mörders sein, vermutete sie. Gut für die Frau, dass sie schlief. So musste sich Audrey nicht auch um sie kümmern. Weitere Geräusche kamen aus dem Erdgeschoss. Ein lauter Jubelschrei war deutlich zu vernehmen. Wahrscheinlich zog sich der Hausbesitzer gerade eine Sportübertragung im Fernsehen rein. Audrey stieg vorsichtig die Stufen hinab und sah den Mann, den sie suchte, vor einem riesigen Flatscreen-TV sitzen. Mit einer Flasche Bier in der Hand. Hier wurden wieder einmal alle Klischees bedient, dachte sie belustigt. Sie schlich weiter in den Raum hinein und sprach mit tiefer Verachtung in der Stimme: „Hallo, Maddox. Wie geht es dir?"

Maddox Carter schreckte überrascht auf, traute seinen Ohren nicht und schüttete sich das Bier über die Hose. „Verdammt", entfuhr es ihm. Er drehte sich langsam um und schaute Audrey voller Unglauben ins Gesicht. „Du bist tot", war das einzige, was er hervorbrachte.

„Ganz recht, Maddox. Und deine letzten Sekunden auf Erden brechen jetzt auch an", erwiderte Audrey scheinbar gelassen, aber im Inneren brodelte es gehörig und sie war kurz davor, ihre Fangzähne auszufahren und sich auf Carter zu stürzen. Aber vorher wollte sie noch einige Antworten von ihrem Mörder erfahren: „Warum?", hauchte sie dem Polizisten entgegen. „Wieso hast du auf mich geschossen, du verfluchter Bastard?"

129

Carter hatte sich vom ersten Schock etwas erholt, obwohl er immer noch nicht fassen konnte, dass eine der Personen, die er vor wenigen Tagen erschossen hatte, vor ihm stand. „Was denkst du wohl? Ich habe die beiden Frauen vergiftet und wollte es Morris anhängen. Er war ja schließlich der Freund von *Black Rose* gewesen und auf Überwachungsbildern zu erkennen. Nachdem er dich angeblich getötet hatte, bestand für kaum jemanden mehr ein Zweifel an seiner Schuld. Ein Gerichtsverfahren hätte seine Unschuld aber voraussichtlich doch bewiesen. Das Risiko konnte ich nicht eingehen, daher habe ich auch Dylan nicht am Leben lassen können. Der Penner hatte es eh verdient."

„Aber warum hast du die Frauen umgebracht?"

„Natasha bekam ein Kind von mir und wollte mit mir zusammenziehen. Die Schwangerschaft war ein ziemlicher Schock für mich. Also habe ich sie in dem Glauben gelassen, dass ich mich von meiner Frau trenne. Das war natürlich gelogen. Ich liebe meine Frau und lasse meine Ehe doch nicht durch eine Schlampe zerstören, die sich jede Nacht für Geld auszieht. Wie dumm Frauen doch sein können. Außerdem wäre meine Karriere bei der Polizei gefährdet gewesen. Morris musste ja seinerzeit ein halbes Jahr Innendienst schieben als seine Beziehung zu Katharina rauskam. Er hatte es nur Inspektor Mills zu verdanken, dass er als Polizist weiterarbeiten durfte. Es wirft kein gutes Licht auf die Polizei, wenn Beamte mit Striptease-Tänzerinnen liiert sind. Sind natürlich keine Nutten, aber das erkläre mal der Öffentlichkeit oder dem Polizeichef. *Black Rose* habe ich nur getötet, um den Verdacht auf Morris zu lenken. Daher habe ich sie auch als erstes getötet. Gegen sie hatte ich persönlich nichts."

Audrey schüttelte ungläubig und voller Verachtung den Kopf. Sie raste vor Wut. Nur weil Carter herumgevögelt und nicht aufgepasst hatte, war sie selbst erschossen worden und nun ein Vampir. Sie konnte sich nicht länger kontrollieren und ihre Fangzähne fuhren aus. Carter wich erschrocken zurück. Er musste träumen, anders ließen sich die Bilder, die er sah, nicht erklären. Audrey stand mit fletschenden Zähnen und rot glühenden Augen vor ihm und war anscheinend kurz davor, ihn zu zerfleischen. „Wie ist das möglich?", stammelte er. Audrey lächelte diabolisch und zog ihre Lederjacke aus. Anschließend knöpfte sie die oberen Knöpfe ihrer Bluse auf, so dass Carter einen Blick auf ihre unversehrten Brüste werfen konnte. „Warum sehe ich keine Verletzungen?", fragte er. Audrey strich sich anmutig über ihre Brust und sprach: „Du Ungläubiger. Ich bin von den Toten zurückgekehrt, um dich auszulöschen, du verdammter Mistkerl. Du wirst niemals wieder jemanden Leid zufügen." Sie fletschte erneut die Zähne und stürzte sich mit einem ohrenbetäubenden Schrei auf den Polizisten. Doch bevor sie ihn erreichte, wurde sie von Catherine gestoppt, die sich ebenfalls ins Haus geschlichen und das Gespräch zwischen Audrey und Carter belauscht hatte. Nun griff sie ein, um zu verhindern, dass Audrey den Waliser tötete. Das würde sie selbst besorgen. Mit unbändiger Kraft warf sie zuerst Audrey zu Boden und stürzte sich anschließend auf Carter, der regungslos sitzen blieb. Was seine Augen sahen, konnte sein Verstand nicht verarbeiten. Er war wie paralysiert. Catherine fuhr ihre Fangzähne aus und riss ihm brutal die Kehle auf, was fast unmittelbar zum Tod führte. Sie trank noch einige Schlucke von dem Blut, bevor sie sich ihrer Freundin zuwandte. „Bediene dich", war das einzige, was sie sagte. Anschließend stieg sie die Treppe hinauf, um sich um Carters Frau zu kümmern, die voraussichtlich durch den Lärm geweckt worden war. Audrey roch den süßen Duft des Blutes und ihre Gier flammte erneut auf. Sie nahm Carters Blut noch in sich auf, als Catherine zurück kam und sie aufforderte, Schluss zu machen. „Wir müssen weg, Audrey. Wer weiß, ob ein Nachbar etwas gehört hat." Die ehemalige Polizistin blickte kurz auf und leckte sich genüsslich mit der Zunge über ihre blutverschmierten Zähne. Das Menschenblut tat ihr gut. Das war nicht zu leugnen. Da sie weiter trinken wollte, musste Catherine leichte Gewalt anwenden, um Audrey von Carter wegzuziehen. Vielleicht würde aus ihrer Freundin tatsächlich ein annehmbarer Vampir, dachte sie voller Zuneigung. Die Gier nach Blut war der erste Schritt. So brauchte sie sich keine Sorgen machen, dass Audrey verhungerte. In einigen Tagen, wenn der Verstand wieder einsetzte, müsste sich erweisen, ob Audrey die Verwandlung auch mental verkraftete. Im Augenblick war sie eher ein Tier als ein Mensch und konnte nur wenige klare Gedanken fassen. Trotzdem war sie nicht sofort über Carter hergefallen, was Catherine etwas irritierte. Trotz der Gier nach frischem Blut, hatte sie erst noch Antworten aus Carter hervorgeholt. Ihr Wille war stärker, als die Königin dies jemals bei einem jungen Vampir gesehen hatte. Sie blickte stolz auf ihre Freundin, nahm sie in die Arme und gab ihr einen leidenschaftlichen Kuss auf die blutverschmierten Lippen. Sie schmeckte so gut.

14. Oktober

Seitdem Hunter den Brief von Carl Decker gelesen und er das *PoD* aufgesucht hatte, war ihm ziemlich mulmig zumute. Mit dieser Ungewissheit konnte er nur schlecht weiterleben. Es musste Klarheit geschaffen werden, ohne dass er dabei sein Gesicht verlöre. Als erfahrener Polizist wusste er ja genau, wie er vorzugehen hatte. Als erstes erfand Hunter einen Informanten, der ihm die Information zugeflüstert haben sollte, dass im *PoD* der Drogenhandel blühte. Anschließend setzte er sich vorschriftsmäßig mit jemandem von der Londoner Staatsanwaltschaft in Verbindung und ließ sich einen Durchsuchungsbefehl für das *Princess of Darkness* sowie die darüber liegenden Büroräume ausstellen. Spätestens seit dem angeblichen Suizid von Decker und dem Verschwinden des Auftragskillers Vladimir, der Stammgast im *PoD* gewesen war, stand der Nightclub auf der Liste verdächtiger Locations. Somit war es nahezu ein Kinderspiel gewesen, eine Durchsuchung anzusetzen, ohne dass Hunter sich damit verdächtig machte. Eigentlich fielen Drogen nicht in sein Ressort, aber er konnte die Kollegen von der Drogenfahndung davon überzeugen, dass der Club voraussichtlich in weitere Mordfälle verwickelt war. Daher überließen ihm die Kollegen die Führung. Sollten allerdings Drogen gefunden werden, würden die Drogenfahnder dafür die

Lorbeeren kassieren. Langsam glaubte Hunter selbst felsenfest, dass im *PoD* zumindest nicht alles mit rechten Dingen zuginge. Zum Geschäftsführer Marius Mutolo fand er so gut wie keine Einträge unter Google, geschweige denn eine Facebook-Seite. Dies war in der heutigen Zeit sicher ungewöhnlich, bestätigte aber den Eindruck, den Hunter von Marius gewonnen hatte. Sehr verschwiegen und vorsichtig, keine Information zu viel preisgebend. Genau das Verhalten, was man von einer Person erwartete, die etwas zu verbergen versuchte. Bei der italienischen Polizei hatte er sich noch nicht erkundigt. Damit würde er warten, bis er irgendwas richtig Verdächtiges gefunden hatte.

Um nicht unnötig Aufsehen zu erregen, wurde die Durchsuchung des Clubs für den frühen Abend angesetzt, bevor er öffnete. Man wollte nicht unnötig die Gäste verschrecken, denn es bestand ja trotz allem die Möglichkeit, dass sie nichts finden würden und eine Durchsuchung während der Öffnungszeiten könnte als geschäftsschädigend gelten. Soweit war es schon gekommen, dass die Zeiten von polizeilichen Durchsuchungen den Öffnungszeiten der Unternehmen angepasst wurden. Hunter traf mit fünf weiteren Beamten der Drogenfahndung am *PoD* ein und ließ sich zum Geschäftsführer bringen. Sie hatten einige Minuten zuvor angerufen, um sicherzustellen, dass Marius auch vor Ort war. Gleichzeitig hatten sie die

Ausgänge beobachtet, um sicherzustellen, dass keine Beweise weggeschafft würden. Schon oft hatten Verdächtige dies versucht. Aus dem *PoD* kam aber niemand heraus, so dass sie nicht länger warteten und sich hineinbegaben. Sie wurden vom Geschäftsführer und einer weiteren nicht sehr vertrauenserweckenden Person, die sich mit dem Namen Paulie vorstellte, erwartet.

„Hallo, Inspektor Hunter, welch unerwartetes Vergnügen", begrüßte Marius den Polizisten betont freundlich. Er ließ sich den Durchsuchungsbefehl geben und zeigte sich nach der Lektüre überrascht. „Wie kommen Sie denn bloß darauf, dass bei uns mit Drogen gehandelt wird?"

„Wir haben einen anonymen Tipp erhalten. Dem müssen wir nachgehen", log Hunter. „Ich hoffe, Sie verstehen das."

Marius ließ sich nicht anmerken, ob die Polizeipräsenz ihn nervös machte. „Tun Sie Ihre Pflicht. Ich bin sicher, dass Sie nichts Verdächtiges finden werden. Paulie wird Sie unterstützen und herumführen", erwiderte er nur.

Hunter schickte seine Leute in den Keller und ins erste Obergeschoss. Nach einer Stunde intensiven Suchens kehrten die Polizisten zu Hunter ins Erdgeschoss zurück. Sie vermittelten keinen allzu zufriedenen Eindruck, konfiszierten aber die Festplatte vom Computer des Geschäftsführers. Vielleicht ließe sich da noch etwas finden.

„Schönen Dank für Ihre Kooperation, Mister Mutolo. Wir melden uns wieder, sobald wir die Festplatte analysiert haben. Falls wir Ihnen Unannehmlichkeiten bereitet haben, tut uns das leid. Auf Wiedersehen", beendete Hunter die Durchsuchung.

„Bis bald, Inspektor", erwiderte der Geschäftsführer.

„Ok, Jungs, gute Arbeit. Hoffen wir mal, dass sich auf der Festplatte die nötigen Beweise finden lassen. Noch einen schönen Abend", verabschiedete sich Hunter von den übrigen Polizisten. Wirklich erhellend war die Durchsuchung des Clubs nicht gewesen. Aber Hunter wusste aus langjähriger Erfahrung, dass man sich festbeißen musste wie ein Terrier, um Erfolge feiern zu können. Er würde nicht so schnell aufgeben. Erst, wenn er wirklich überzeugt wäre, dass in dem Schreiben von Decker kein Fünkchen Wahrheit enthalten wäre. Eine Gruppe von Leuten, die sich für Vampire hielten, wollte er in London nicht dulden. Wer weiß, was für kranke Dinge in deren Köpfen vorgingen.

Kurz vor Mitternacht ließ sich Audrey von Catherine durch das gewaltige Kellergewölbe im Schloss der Königin herumführen. An ihren letzten Besuch in Transsilvanien konnte sie sich ja aufgrund der vorgenommenen Gedankenmanipulation nicht mehr erinnern. Neben dem Arbeitszimmer und zwei riesigen Schlafgemächern, die jeweils mit mehreren

Särgen ausgestattet waren, gab es noch einen weiteren Raum, der Audreys Interesse weckte. In diesem wurden Menschen gefangen gehalten, damit der Vorrat an frischem Blut niemals zuneige ging. Wie praktisch, dachte sie und spürte sofort den aufkommenden Appetit. Catherine lächelte wissend und fragte: „Auf was hast du denn heute Abend Lust? Auf der Speisekarte steht italienisches, französisches und chinesisches Blut. Alles ausgezeichnete Jahrgänge."

„Am besten von allen drei", erwiderte der junge Vampir.

„Wie die Dame befiehlt." Catherine genoss es sichtlich endlich einen Vampir an ihrer Seite zu haben, den sie anbetete. Viele Jahrhunderte hatte sie darauf warten müssen und nun gehörte Audrey ihr ganz allein. Sie war am Ziel ihrer Träume angekommen. Den Thron und ihre Gefährtin erobert. Mehr ging eigentlich nicht. Sie zapfte von den drei Menschen Blut ab und reichte es Audrey in einem goldenen Kelch. Diese stürzte sich darauf, so als ob es kein Morgen mehr gäbe. Ihre Menschlichkeit schien zu schwinden, von schlechtem Gewissen keine Spur zu erkennen. Der reichhaltige Genuss des Blutes weckte auch die Leidenschaft nach körperlicher Intimität in ihr. Sie musterte Catherine mit lüsternen Blicken. In ihrem tief ausgeschnittenen schwarzen Kleid sah die Königin atemberaubend aus. Audreys Blick verweilte auf ihrem prachtvollen Busen und den langen

Beinen. Catherine erkannte dies freudig erregt und fragte: „Wollen wir es in meinem Sarg tun?"

Das ließ sich die ehemalige Polizistin nicht zweimal sagen und sauste im Höllentempo in einen der Schlafräume. „Welchen Sarg nehmen wir, Catherine?"

Die Königin sah Audrey liebevoll an und sagte: „Such dir einen aus, Liebes. Es gibt schließlich nur ein erstes Mal. Daran wirst du dich hoffentlich viele Jahrhunderte erinnern. Ich persönlich würde das Exemplar „Big Mummy" empfehlen. Das ist der Sarg mit dem meisten Platz. Er steht am anderen Ende des Raumes." Wie lange hatte Catherine darauf warten müssen, in diesen Sarg mit ihrer Gefährtin zu steigen.

„Gebongt, den nehmen wir." Audrey hatte nun völlig die Kontrolle über ihren Körper verloren und fühlte sich nun tatsächlich wie ein Tier, welches von Trieben gesteuert wird. Das hatte ihr Catherine vom ersten Tag an prophezeit. Bei Audrey hatten die animalischen Triebe aber wohl erst die Oberhand gewonnen, nachdem ihr Mörder vernichtet worden war. Und sie selbst hatte noch keinen Menschen getötet, da Catherine sie mit Blut versorgte, fast so wie eine menschliche Mutter ihre Kinder mit Milch. Aber Catherine war nicht ihre Mutter, sondern ihre Geliebte, dachte Audrey lüstern und riss sich die Kleider vom Leib. Die nächsten Stunden übertrafen ihre kühnsten Vorstellungen bei weitem. Langsam begriff sie, was Catherine damit meinte, dass

Vampire ihre Lust in einem Maße auslebten, welches für Menschen unerreichbar war.

15. Oktober

Hunter traf sich zum Mittag mit seinem Informanten Ernie Scoles in einem Pub im Londoner Stadtteil *Chelsea*. Ernie hielt für den Inspektor Augen und Ohren offen und kassierte dafür ein paar Hundert Pfund im Monat.

„Hallo, George. Was geht ab?"

„Hi, Ernie. Alles im grünen Bereich. Hast du vielleicht mal was von einer Gruppe gehört, die den Vampirkult pflegt?"

„Willst du mich verarschen? Vampire sind doch total out. Seitdem diese ganzen Teenie-Filme gedreht wurden, möchte doch selbst niemand von den Verrückten ein Vampir sein. In den Filmen oder TV-Serien sind doch die meisten Vampire Waschlappen. Mittlerweile sind doch eher Zombies angesagt."

Hunter wusste nicht, ob er von Ernie veräppelt wurde oder ob das ernst gemeint war. „Das mag ja sein, Ernie. Ich habe aber läuten hören, dass es in London eine Reihe von kranken Hirnen gibt, die sich für Vampire halten und sich auch so verhalten. Kannst du dich mal umhören?"

„Das kostet aber extra, George. Nicht, dass ich noch gebissen werde", flachste der Informant und bestellte sich noch ein Bier.

„Hier sind fünfhundert Pfund. Die kannst du auf den Kopf hauen. Am besten du startest heute Nacht im *Princess of Darkness*. Kennst du den Club?"

„Habe davon gehört. In Soho, oder? War selbst noch nicht dort." Ernie blickte ungläubig auf das Geldbündel. So spendabel hatte sich Hunter noch nie gezeigt. An der Sache schien also tatsächlich etwas dran zu sein. Wie krank musste man denn sein, sich für einen Vampir zu halten, fragte er sich.

„Sei vorsichtig und halte mich auf dem Laufenden", verabschiedete sich der Inspektor von seinem Informanten. Ernie trank noch zwei weitere Lagerbier und verließ dann ebenfalls den Pub.

Um dreiundzwanzig Uhr stand Ernie vor dem *PoD* und begutachtete die Proportionen der Vampirlady vor dem Eingang. Wenn Vampire solch einen Körper hätten, wäre er gerne bereit welche zu treffen, dachte er breit grinsend. Das Lachen verging ihm aber etwas, als er die Türsteher erblickte. Vor denen konnte man schon Angst bekommen. Doch er ließ sich nicht entmutigen und trat in den Club ein, der proppenvoll war. Er sah sich neugierig um und traute seinen Augen nicht, als er ein menschliches Ebenbild der Vampirlady entdeckte. Die gleichen üppigen Rundungen und die roten Haare ließen darauf schließen, dass sie Modell für die Figur gestanden hatte. Der Abend könnte interessant werden, dachte Ernie und bewegte sich Richtung Rotschopf. „Hey Vamp", begrüßte er die Frau.

Diese drehte sich zu Ernie um und wollte schon einen deftigen Kommentar abgeben, bevor sie es sich anders überlegte. So übel sah Ernie nicht aus und für ein paar Freigetränke würde sie ein bisschen mit ihm flirten. Also lächelte sie ihn verführerisch an und erwiderte: „Ich nehme an, du hast meine Doppelgängerin vor dem Eingang gesehen."

„Ganz genau, das Original gefällt mir aber noch viel besser."

Ein abgedroschener Spruch, aber der Rotschopf machte gute Miene zum bösen Spiel. „Bringst du mir einen Mai Tai, Süßer?"

„Klar, bin sofort wieder da." Die fünfhundert Pfund würde er heute auf den Kopf hauen, ob er nun Infos für Hunter besorgen konnte oder nicht.

Währenddessen öffnete das Objekt der Begierde die obersten Knöpfe ihrer Bluse und zog den Lippenstift nach. Sollte der Bursche ruhig etwas zu sehen bekommen. Dann würde er die ganze Nacht Drinks ausgeben. Sie war in der Stimmung, sich mal wieder richtig zu betrinken. Natürlich nicht auf eigene Kosten.

Ernie kam von der Theke zurück und hätte beinahe die Drinks verschüttet. Seine Blicke wanderten zwischen den blutroten Lippen und dem frei gelegten Busen seiner neuen Bekanntschaft hin und her. Er konnte sein Glück kaum fassen, diese Wahnsinnsbraut wollte offensichtlich in dieser Nacht so richtig vernascht werden. Zum Teufel mit Hunter und seinen Vampiren. Er würde eine unvergessliche Nacht erleben. „Wie heißt du denn, Sweetheart?"

„Molly und wie ist dein Name?"

„Ich bin Ernie."

16. Oktober

Drei Stunden und viele Cocktails später war für Ernie der geeignete Augenblick gekommen, Molly abzuschleppen, um endlich richtig zur Sache zu kommen. Von dem Geld, was er von Hunter erhalten hatte, könnte er ein Hotelzimmer locker bezahlen. Bis zu seiner Wohnung war es ihm zu weit.

Im *Eden Plaza* zog Molly ihre High Heels aus, warf sie achtlos in die Ecke und umarmte Ernie, dem beinahe schwindlig wurde. Der Duft ihrer seidenweichen Haare, die Berührung ihrer samtweichen Haut, der Druck ihrer großen, prallen Brüste und ihres rechten Oberschenkel, der sich zwischen seine Beine drängte, machte ihn fast wahnsinnig. Sie löste sich spielerisch aus der Umarmung und zog ihre Bluse und Hose aus. Ernie starrte sie weiter mit offenem Mund an. Im schimmernden Licht des hellen Mondes, welches den Raum durchflutete, wirkte sie sogar noch schöner. Er konnte seinen Blick gar nicht mehr von ihren Rundungen losreißen. Sie zog den roten BH aus. Ihre Brüste waren prall, mit großen Brusthöfen und harten Nippeln. Ernie war geil wie schon lange nicht mehr. Er zog Molly zu sich heran und küsste sie sanft auf den Mund, legte seine schweißnassen Hände auf Mollys Hintern, bevor er die Kontrolle endgültig verlor und sie aufs Bett schmiss. Er legte sich auf sie und presste den Kopf gegen ihre unglaublich weichen Titten. Molly stöhnte laut auf, als er an ihren Brustwarzen lutschte. Ihre Körper glühten geradezu. Er zerriss ihren Slip und drang mit einem mächtigen Stoß in sie ein. Molly sah ihm dabei tief in die Augen, ihr Gesicht spiegelte deutlich ihre Lust wieder. Bei jedem seiner Stöße seufzte sie leise. Sie vögelten bis zur Erschöpfung und kamen beide fast im selben Moment. Ernie hatte das Gefühl zu schweben.

„Du warst richtig gut. Für einen Menschen!"

Ernie, kurz vor der Besinnungslosigkeit, erwiderte schlaftrunken: „Was redest du da?"

„Ich habe es schon mit Vampiren getrieben. Sie sind die besseren Liebhaber", säuselte Molly noch, bevor sie weg döste.

Ernie stand sofort senkrecht im Bett und war wieder putzmunter. Hatte er da eben richtig gehört und das Teufelsweib an seiner Seite schwadronierte von Vampiren? Er blickte die schlafende Molly zweifelnd an und schüttelte den Kopf. Der Alkohol und der Sex hatten bei der Rothaarigen wohl starke Spuren hinterlassen. Auf jeden Fall könnte er Hunter etwas berichten. Sollte dieser doch Molly nach Vampiren befragen. Vielleicht würde er nochmal fünfhundert Pfund springen lassen. Ernie hatte bereits das gesamte Geld in einer Nacht verprasst. Aber Molly war ohne Frage jeden Penny wert gewesen. Kurze Zeit später übermannte ihn die Müdigkeit und er nickte ebenfalls ein.

Das Telefon klingelte und Catherine nahm ab: „Hallo, was gibt es Wichtiges?", meldete sie sich kurz angebunden, da sie etwas zu erledigen hatte und nicht gestört werden wollte.

„Hallo, Schwesterherz. Hier ist dein kleiner Bruder. Ich würde dich vor Freude drücken, wenn ich könnte. Meine Wahl zum Oberhaupt der New Yorker Vampire hat gestern stattgefunden. Mit siebzig Prozent der Stimmen habe ich gewonnen."

„WOW, bombastisch. Freue mich für dich."

„Danke, wie ich gehört habe, läuft es bei dir auch recht gut. Audrey ist endlich in Transsilvanien und du kannst sie zum Vorzeigevampir ausbilden. Grüß sie von mir."

„Das mache ich. Muss mich jetzt auch um sie kümmern. Bis bald und lass das Blut die nächsten Tage reichlich fließen. Wir sprechen uns dann in den nächsten Tagen wieder."

„Bis dann."

„Greif an, Audrey!" Catherine forderte ihre Geliebte auf, mit einem *Katana* – dem bevorzugten Schwert der meisten Vampire – auf sie loszugehen.

Die ehemalige Polizistin, die zum ersten Mal ein Schwert in den Händen hielt, stellte sich erstaunlich geschickt an und konnte Catherine bereits nach einer Trainingsstunde leichte Verletzungen zufügen. Die

Königin setzte selbst keine Waffe ein, sondern wich den Stößen von Audrey nur geschickt aus. Sie wollte dem jungen Vampir ja schließlich nicht wehtun. Audrey machte das Training sichtlich Spaß. Schon als Mensch liebte sie Kampfsport. Das damalige Training hielt aber kein Vergleich mit ihrer jetzigen Übungsstunde aus. Durch ihre Verwandlung war sie um ein Vielfaches schneller in ihren Bewegungen geworden und besaß deutlich mehr Kraft als in ihrem Menschenleben. Und diese Eigenschaften würden sich mit jedem Tag verbessern, je älter sie würde. Langsam fand das Vampirdasein immer mehr ihre Zustimmung. Wenn da nur nicht ihr unersättlicher Hunger nach Menschenblut wäre. Solange sie sich in Catherines Schloss aufhielt, konnte nicht viel passieren, aber wenn sie in nicht allzu ferner Zukunft unter Menschen geriet, könnte es schwierig werden, die Gier zu bändigen.

„Genug für heute", beendete Catherine das Training. „Das war schon sehr gut. Wenn du die nächsten Jahre täglich trainierst, kannst du es mit den meisten Vampiren im Kampf aufnehmen. Dein Bewegungstalent ist außergewöhnlich und deine Schnelligkeit verblüffend. Man könnte den Eindruck bekommen, als ob du bereits seit vielen Jahren ein Vampir bist. Denke immer daran, deinen Kopf auf den Schultern zu lassen. Leider wächst uns kein neuer. Und Verletzungen in der Brustgegend solltest du ebenfalls vermeiden. In dieser Region dauert die Regenerationsphase länger und du wärst zu stark geschwächt, um dich zu verteidigen. Ansonsten musst du nur noch das Feuer und die Sonne meiden. Verbrennungen heilen nur bis zu einem gewissen Grad. Also nimm dich in Acht, insbesondere vor Sonnenstrahlen. Das dürfte wohl die größte Herausforderung für dich werden, niemals mehr die wärmende Sonne auf deiner Haut spüren zu dürfen. Als Mensch warst du ja eine Sonnenanbeterin, was deine gebräunte Haut deutlich zum Ausdruck bringt. Du bist jetzt ein Geschöpf der Dunkelheit. Daran lässt sich nichts ändern." Catherine gab Audrey neckisch einen Klaps auf den Hintern und sie verließen zusammen kichernd den Trainingsraum.

Audrey freute sich diebisch über das Lob der Königin, wusste aber, dass es völlig überzogen war. Im Vergleich zu Catherine bewegte sie sich wie eine Schnecke und das Schwert schwang sie wie ein kleines Mädchen. Aber sie würde hart trainieren und eines Tages ein mächtiger Vampir sein, daran hegte sie keinerlei Zweifel. Sie würde ihrer Königin alle Ehre machen. Sie sah Catherine und wunderte sich wieder, wie man mit fünfhundert Jahren so gut aussehen konnte.

Gegen zehn Uhr morgens verließen Ernie und Molly das *Eden Plaza*, beide noch ziemlich verkatert. Sie umarmten und küssten sich ein letztes Mal, bevor sie in entgegengesetzte Richtungen aufbrachen. Ernie musste lange zurückdenken, wann er das letzte Mal einen One-night-Stand so genossen hatte. Er blickte

Molly versonnen hinterher, bevor er sein Handy herausholte und Hunter anrief: „Hey, George. Ich habe mich letzte Nacht mal herumgehört und habe interessante News für dich. Es gibt tatsächlich ein Mädel, welches häufig im *PoD* verkehrt und mir von Vampiren berichtet hat. Offenbar war sie schon mit einigen im Bett. Vielleicht hast du Recht und es gibt eine Gruppe von Verrückten, die sich für Vampire halten. Du solltest dich mit der Frau unterhalten. Leider kenne ich ihren Nachnamen und Adresse nicht, aber im *PoD* wird sie auf kurz oder lang wieder auftauchen. Sie heißt Molly und ist nicht zu übersehen. Sie stand Modell für die Figur vor dem Eingang."

„Sehr gute Arbeit, Ernie. Diesmal bist du das Geld wirklich wert gewesen. Denke, ich habe den Rotschopf bei einem meiner Besuche im *PoD* schon mal gesehen. Sie ist ja wirklich ein Eyecatcher." Hunter war überrascht, dass Scoles so schnell jemand gefunden hatte, der offen über Vampire sprach. Wenn dieser zweitklassige Informant jemanden finden konnte, dürfte es für ihn kein allzu großes Problem sein, weitere Leute aufzutreiben, die Informationen über Möchtegern-Vampire lieferten. Aber in den nächsten Nächten würde er vor dem *PoD* Wache schieben, nach Molly Ausschau halten und sie dann ausquetschen. Sollten sich konkrete Erkenntnisse über einen Vampirorden oder ähnliches ergeben, stünde nichts mehr im Wege, seinen Chef zu informieren. Dann könnten auch die

Ermittlungen im Todesfall Carl Decker neu aufgerollt werden. Bis dahin würde er weiterhin allein ermitteln und nur auf seine Informanten zurückgreifen.

17. Oktober

Zwei lange Stunden, in der er seine komplette Thermoskanne schwarzen Kaffee austrank, um nicht einzunicken, wartete Hunter in Sichtweite des *PoD*, bis Molly endlich auftauchte. Jetzt konnte er nur hoffen, dass die attraktive Frau später nicht einen Burschen abschleppte. Nachher sollte sie den Club allein verlassen. Da Hunter inoffiziell ermittelte, wollte er nicht von anderen Personen gesehen werden. Es vergingen drei weitere Stunden, in denen der Polizist immer wieder kurz eindöste. Dann erschien Molly auf der Straße, sie verabschiedete sich von den Türstehern, die ihr lüstern auf die Brüste schauten. Sie trug ein knallgelbes und ultrakurzes Kleid, das ihr nur knapp bis über die Hüften reichte und wackelte beim Weggehen frech mit dem Hintern, da sie sich bewusst zu sein schien, dass ihr die Türsteher hinterherblickten. Nicht nur die, musste sich Hunter eingestehen. Was für ein Knackarsch! Er riss sich zusammen und folgte Molly bis zum *Piccadilly Cirucs*, wo er sie einholte, seine Marke aus der Tasche zog und sie ansprach: „Lady, haben Sie ein paar Minuten Zeit? Mein Name ist George Hunter und ich arbeite als Inspektor bei der Londoner Kriminalpolizei."

Molly schaute ihn nur mit glasigen Augen an, als ob sie ihn nicht verstanden hätte. „Was willst du? Ist schon spät, bin müde und will ins Bett."

„Ich kann Sie gerne nach Hause fahren und wir reden dort."

Molly hatte immer noch nicht realisiert, dass es sich bei Hunter um einen Polizisten handelte. „Habe keine Lust auf Reden oder auf sonst was. Lass mich einfach in Ruhe."

Langsam wurde es Hunter zu bunt. Er hatte nicht umsonst fünf Stunden seiner Nacht vergeudet, um sich jetzt abwimmeln zu lassen. Er packte Molly unsanft am Handgelenk.

„Aua, du tust mir weh." Der Schmerz weckte Molly ein bisschen aus ihrer Lethargie. Nun sah sie sich Hunter näher an. „Ich kenne dich doch, du bist ein Bulle. Warum lauerst du mir denn mitten in der Nacht auf?"

„Ich habe einige Fragen an Sie. Wir können das auf die sanfte oder die harte Tour machen. Was ist Ihnen lieber?"

Molly, die offenbar wieder sehr tief ins Glas geschaut hatte, verstand ihn nicht richtig und dachte Hunter wollte eine Nummer mit ihr schieben. Polizisten bekamen schon mal einen Bonus. Sie warf sich den Inspektor an den Hals und versuchte ihn zu küssen. Hunter packte Molly an den Hüften und schob sie grob von sich weg. Die ersten Passanten in der Nähe betrachteten sie schon misstrauisch. Das konnte Hunter nun gar nicht gebrauchen. Er griff daher in die Handtasche des Rotschopfs und zog ihren Ausweis heraus. Er notierte sich die Adresse und steckte den Pass zurück. Anschließend rief er ein Taxi und setzte die Betrunkene hinein. Dem Taxifahrer gab er die Adresse, die auf dem Ausweis gestanden hatte und zahlte für die Fahrt. Er selbst machte sich auf den Weg nach Hause. Total gerädert kam er dort an und fiel hundemüde ins Bett zu seiner Frau. Margaret murmelte irgendwas, aber er war schon eingenickt.

„Heute trainieren wir deine Selbstbeherrschung, mein Engel. Das ist sicher die schwerste Übung in unserem Programm. Sobald du diese Übung bestanden hast, darfst du das Schloss wieder verlassen und unter Menschen gehen."

Sie gingen in den Trainingsraum, wo auf einem Stuhl eine Frau saß. Sie war gefesselt, schaute voller Angst auf die beiden hereinkommenden Vampire und schrie wie von Sinnen. „Nähre dich von ihr, ohne sie zu töten. Du musst deine Gier aufs menschliche Blut bekämpfen. Nur, wenn du dies schaffst, kannst du unentdeckt bleiben. Wir können nicht jeden Menschen töten, von dem wir Blut trinken!" Kaum hatte Catherine diese Worte gesprochen, stürzte sich Audrey auf die Frau. Doch die Königin war schneller und hielt den jungen Vampir zurück. „Ganz ruhig, Audrey. Ich zeige dir, wie man am besten von Menschen trinkt, ohne dass man die Kontrolle verliert und den Sterblichen umbringt." Catherine fuhr ganz langsam ihre Fänge aus und leckte mit ihrer Zunge ganz sanft den Hals ihres Opfers. Dies beruhigte die Frau offenbar, denn sie hörte auf zu schreien und blickte Catherine in die hypnotischen Augen. Ganz vorsichtig biss die Königin der Frau in den Hals und trank nur wenige Schlucke des köstlichen, roten Lebenssaftes. Anschließend leckte sie sich mit der Zunge über ihre blutverschmierten Lippen und lächelte Audrey an. „Siehst du, so einfach geht das. Du musst deinen Nahrungsspender beruhigen, ihm die Angst nehmen und dann nur so viel trinken, wie du benötigst. Dann kommt niemand zu Schaden und du hinterlässt nur zwei winzige Einstichpunkte. Am Ende raubst du dem Menschen die Erinnerung an das Geschehene und gehst deiner Wege."

Audrey roch den süßlichen Duft des Blutes und verlor fast den Verstand. Nachdem Catherine von der Frau abgelassen hatte, stürzte sich Audrey ein zweites Mal auf sie. Doch wieder wurde die Engländerin von ihrer Königin aufgehalten, die wohl auch mit keiner anderen Reaktion ihrer Geliebten gerechnet hatte. Sie gab Audrey zwei leichte Backpfeifen, um sie in die Realität zurückzuholen. Sie verließen den Trainingsraum und gingen ins „Esszimmer", in dem drei Menschen auf Betten festgeschnallt lagen. Mustafa, den sie aus England mitgenommen hatten, zapfte ihnen wieder Blut ab, reichte Audrey einen gut gefüllten goldenen Kelch und diese durfte nun endlich ihre neue Lieblingsnahrung zu sich nehmen. Nur wenige Minuten nach dem Verzehr benahm sie sich wieder normal und konnte sich an ihren Ausraster kaum

mehr erinnern. „Das müssen wir noch üben",
kommentierte Catherine die vergangenen Vorgänge.
„Wie ich dir bereits sagte, wird dies die schwerste
aller Übungen. Gedulde dich ein bisschen. Bin
überzeugt, dass du in wenigen Tagen in der Lage
sein wirst, dich selbst zu verpflegen, ohne dass du
ein Blutbad anrichtest. Da du jetzt gut genährt bist,
sollten wir mit dem Schwerttraining fortfahren. Das
wird dich aufbauen und dir neues Selbstvertrauen
einimpfen."

Gegen fünfzehn Uhr fuhr Hunter zu Mollys
Wohnung. Er hoffte, dass diese mittlerweile ihren
Rausch ausgeschlafen hatte und ihm relevante
Auskünfte erteilen könnte. Viel wusste er nicht von
der jungen Frau. Nur, dass sie ein heißer Feger war.
Heutzutage würde sich wahrscheinlich niemand
mehr so ausdrücken, dachte Hunter. Aber in seiner
Generation war das eine gängige Bezeichnung für
einen männermordenden Vamp gewesen. Er
klingelte an der Haustür und durch die Sprechanlage
ertönte nur ein Rauschen. Offensichtlich
funktionierte sie nicht. Er klingelte daher noch
zweimal und die Tür wurde geöffnet. Er stieg die
Treppen zum zweiten Obergeschoss hoch, wo Molly
bereits die Wohnungstür geöffnet hatte und in den
Flur starrte. Sie erkannte den Inspektor diesmal auf
Anhieb und bekam ein schlechtes Gewissen. Was
hatte sie denn bloß angestellt, dass ein Polizist auf
der Matte stand, fragte sie sich besorgt. An ihr

Zusammentreffen in der letzten Nacht konnte sie sich gar nicht mehr erinnern.

„Hallo Molly, schön, dass ich Sie antreffe. Ich weiß nicht, ob Sie mich erkennen. Mein Name ist George Hunter und ich ermittle für die Londoner Kriminalpolizei. Ich müsste Sie kurz sprechen. Darf ich hereinkommen?"

Molly machte eine einladende Bewegung und Hunter ging an ihr vorbei in die Wohnung. Er war überrascht wie groß die Unterkunft wirkte und wie luxuriös eingerichtet sie war. Das alles musste beinahe ein kleines Vermögen gekostet haben. Wahrscheinlich hatte sie einen Sugar-Daddy, der für alles bezahlte, ging dem Polizisten durch den Kopf. Er betrachtete Molly nun etwas genauer: Roter Stretchminirock, bauchfreies Top, schwarze Stiefel. Der Stretchmini spannte sich um ihren runden Hintern wie eine zweite Haut. Es fiel ihm schwer, die Blicke von ihr abzuwenden. Molly war sich natürlich bewusst, dass Hunter sie taxierte und sie lächelte ihn mit makellosen Zähnen an. „Was kann ich für Sie tun, Inspektor Hunter?"

George brauchte einen Moment, um sich zu sammeln. Dann grummelte er: „Wir untersuchen derzeit einige Verbrechen, die im Zusammenhang mit einem Vampirkult verübt wurden. In diesem Rahmen wurde ihr Name genannt."

Molly erschrak und wurde kreidebleich. Offenbar hatte sie nicht damit gerechnet, dass jemand sich bei ihr nach Vampiren erkundigte. „Äh, wie bitte? Was soll ich denn mit einem Vampirkult zu tun haben?"

„Sagen Sie mir das! Unsere Quelle ist äußerst zuverlässig. Wir können die Befragung auch gerne auf dem Revier fortfahren, wenn Ihnen das lieber wäre." Diese Drohung bewirkte oftmals wahre Wunder, weil viele Leute dachten, dass dies einer Verhaftung gleich kam. Das entbehrte zwar jeder Grundlage, aber das musste man den Ahnungslosen ja nicht auf die Nase binden.

„Nein, es gibt ja auch nicht viel zu besprechen. Die einzige Verbindung, die ich zu Vampiren habe, ist der Club *Princess of Darkness*, wo ich häufiger abhänge. Dort werden falsche Vampirzähne verkauft und vor dem Eingang steht eine Figur, die eine Vampirlady darstellt. Dafür habe ich Modell gestanden. Das ist aber auch alles."

„Kennen Sie denn den Eigentümer des Clubs? Oder wer hat Sie engagiert Modell zu stehen?"

„Ich kannte den alten Geschäftsführer Carl Decker sehr gut. Der hat mir auch die Wohnung hier besorgt." Eigentlich hatte Catherine die Wohnung finanziert, aber der Papierkram lief über Carl Decker, damit keine Verbindung zu dem Vampir hergestellt werden konnte.

Hunter wirkte nicht allzu überrascht. Carl war also der Sugar-Daddy gewesen. Hätte er sich ja denken können. Sein alter Squash-Kumpel schien seine Finger überall im Spiel gehabt zu haben. Aber Geschmack in Bezug auf Frauen hatte er, das musste man ihm lassen. „Das wissen wir, Carl hat uns auch ihren Namen geliefert", bluffte der Inspektor. Molly wusste ja nicht, dass er auf sie erst durch seinen Informanten Ernie aufmerksam geworden war.

Das haute Molly fast von den Socken. Sie spielte ein bisschen mit ihrem Top, um Hunter etwas abzulenken und sich eine Antwort zu überlegen. Warum sollte Carl ihren Namen genannt haben und dann noch in Verbindung mit Vampiren. Das ergab doch keinen Sinn. „Das kann nicht sein!" Mehr fiel ihr als Antwort nicht ein.

„Ist Ihnen denn im *PoD* niemals etwas Verdächtiges aufgefallen?"

Molly geriet gehörig ins Schwitzen. Was sollte sie dem Polizisten bloß erzählen. Dass sie ein Anhängsel von einem Vampir gewesen ist und das im Club synthetisches Blut ausgeschenkt wurde und sich dort jede Nacht eine Reihe von Vampiren traf? Wohl kaum. Sie stellte sich dumm. „Sorry, Inspektor. Ich weiß wirklich nichts."

„Na gut, Molly. Belassen wir es heute dabei. Aber ich melde mich, sobald wir neue Spuren haben. Ich lasse Ihnen meine Visitenkarte hier. Rufen Sie mich bitte an, wenn Ihnen noch etwas einfällt."

„Das mache ich", beendete Molly das Gespräch und begleitete den Inspektor zur Tür.

„Bis bald", gab Hunter noch zum Besten, bevor er die Treppenstufen hinabstieg. Es war unverkennbar, dass Molly mehr wusste, als sie zugab. Ihre nervöse

Reaktion auf seine Fragen war ihm nicht verborgen geblieben.

Molly zitterte am ganzen Leib, nachdem sie die Tür geschlossen hatte. Der schlimmste Albtraum war eingetreten. Die Polizei brachte sie mit den Vampiren in Verbindung. Noch glaubte der Inspektor natürlich, dass es sich um Menschen handelte, die sich als Vampire ausgaben. Was würde passieren, wenn er herausfand, dass die Vampire echt waren? Und was würde dann mit ihr passieren? Sie musste am Abend unbedingt mit Catherine in Verbindung treten. Am besten wäre es, wenn sie London verlassen könnte. Aber vielleicht wurde sie von der Polizei beschattet. Sie fing an zu weinen und fürchtete um ihr Leben. Was hatte Carl sich nur dabei gedacht, ihren Namen zu nennen? Dieser verdammte Wichser. Sie hatte mit ihm schlafen müssen, um Informationen aus ihm herauszuholen und zum Dank hatte er ihren Namen der Polizei gesteckt. Sie konnte es einfach nicht fassen.

Der Bluff von Hunter war voll aufgegangen. Molly war nun ein reines Nervenbündel. Er war überzeugt, dass er sie auf kurz oder lang knacken würde und sie ihm wichtige Informationen lieferte.

„Hallo, Catherine", meldete sich Molly am frühen Abend am Telefon. Sie nutzte für die Telefonate mit Catherine immer nur Prepaid-Handys, die nicht so einfach zurückzuverfolgen wären.

„Hey, Molly. Was für eine nette Überraschung! Wie geht es dir denn? Wir haben uns ja gar nicht mehr gesprochen, seitdem ich London verlassen und meine Zelte in Transsilvanien aufgeschlagen habe."

„Mich hat heute ein Polizist besucht und er fragte nach meinen Kenntnissen bezüglich *PoD* und Vampiren. Offenbar erhielt er meinen Namen von Carl Decker. Ich habe schreckliche Angst, Catherine. Kennst du einen Inspektor Hunter?"

Die Königin antwortete nicht sofort. Sie benötigte selbst einen Moment, um den Schock zu verdauen. Decker musste vor seinem Tod Informationen an die Polizei geliefert haben und nun stand das *PoD* am Pranger. Und Hunter führte die Ermittlungen, was sie zusätzlich beunruhigte. Von allen Londoner Polizisten fürchtete sie den Inspektor am meisten. Audrey berichtete früher regelmäßig über ihn, da sie gemeinsam einige Mordfälle aufklärten. Und er hatte mehr als einmal die schützende Hand über Audrey gelegt, als ihre Verbindung zu Vladimir aufgedeckt worden war.

„Keine Angst, Kleines. Du hast ja nichts falsch gemacht. Du solltest am besten das *PoD* die nächste Zeit meiden, bis sich der Nebel wieder gelichtet hat. Ich beauftrage einen Vertrauten von mir, der dich sicher aus London herausbringt, ohne dass die Polizei es mitbekommt. Du hast doch keine Auflage bekommen, dass du die Stadt nicht verlassen darfst, oder?"

„Nein, zum Glück nicht."

„Halte noch bis morgen durch. Ich muss erst noch eine neue Bleibe für dich organisieren. Wäre New York für dich ok?"

„Klar, in den *Big Apple* wollte ich immer schon mal reisen. Danke, Catherine."

„Schon gut. Du warst mir in London eine große Hilfe, da kann ich mich jetzt revanchieren. Ich melde mich wieder, soweit ich alles geklärt habe", beendete Catherine das Gespräch. Wenn Carl Decker nicht schon tot wäre, würde sie ihm den Hals umdrehen. Diese illoyale Ratte könnte die Londoner Vampire auch nach seinem Tod noch in ernsthafte Schwierigkeiten bringen. Außerdem kam Molly, die sie von ihren menschlichen Anhängseln am meisten mochte, in Schwierigkeiten.

Was wusste aber Hunter tatsächlich und was reimte er sich nur zusammen? Diese Frage müsste geklärt werden, ehe sie entscheiden konnte, ob der Polizist weiter leben dürfte. Sie würde ihn ungern töten, da er so etwas wie ein väterlicher Freund für Audrey gewesen war. Aber die Sicherheit der Londoner Vampire hatte natürlich Vorrang. Ob Audrey das verstehen würde, war eine gänzlich andere Frage.

18. Oktober

Im Trainingsraum saß wieder die brünette Frau, die Audrey auf Anfang Dreißig schätzte, auf dem Stuhl gefesselt. Heute würde sie es schaffen, ans Blut zu kommen, ohne sie zu töten. Catherine nickte nur in Richtung der Sterblichen und gab ein mürrisches „Mach schon, hol dir ihr Blut" von sich. Das ließ sich Audrey nicht zweimal sagen und sie ging schnellen Schrittes auf die Frau zu. Diese flehte sie um Gnade an. Audrey fuhr ihre Fangzähne aus und beherrschte sich so gut es eben ging. Sie führte ihre Fänger zum Hals der Frau und ihre scharfen Zähne durchdrangen die zarte Haut. Der junge Vampir spürte das Blut im Mund und saugte weiter, bis Catherine ihr befahl, aufzuhören. Auch wenn es Audrey schwer fiel, hörte sie tatsächlich auf, das menschliche Blut zu trinken. Zum ersten Mal hatte sie ihre Gier nach der roten Flüssigkeit besiegt, ohne dass Catherine handgreiflich werden musste. Und der menschliche Blutspender lebte auch noch. Audrey lächelte Catherine selbstzufrieden an. Mehr als ein „Gut gemacht", ließ sich Catherine zunächst nicht entlocken. Der Anruf von Molly steckte ihr noch tief in den Gliedern. Um Audrey nicht auf ihr Unbehagen aufmerksam zu machen, nahm sie ihre Geliebte in die Arme, streichelte ihre Wangen und küsste sie leidenschaftlich auf den verführerischen Mund. Danach verabschiedete sie sich: „Ich muss dich allein lassen. Habe noch mit Juan etwas zu besprechen." Das entsprach sogar der Wahrheit.

Catherine begab sich ins Arbeitszimmer, wählte Juans Nummer und die Verbindung nach New York war hergestellt. „Hallo, Juan. Wie fühlst du dich als mächtigster Vampir im *Big Apple*?"

„Hey, große Schwester. Ist ein tolles Gefühl. Wurde aber auch Zeit, dass ich Cole abgelöst habe. Bei dir und Audrey alles im Lot?"

„Die Kleine macht sich fantastisch, hat heute zum ersten Mal von einem lebenden Menschen getrunken, ohne ihm größere Verletzungen zuzufügen. Ihre Selbstbeherrschung beeindruckt mich von Nacht zu Nacht mehr. Und das menschliche Blut schmeckt ihr. Sie wird also keinen Nahrungsmangel erleiden."

„Super, ich hatte auch keinen Zweifel, dass sie die Verwandlung gut überstehen würde. Sie ist eine Kämpferin."

„Du sagst es. Allerdings gibt es unerwartete Probleme in London. Deshalb rufe ich auch an. Ich muss eine Menschenfrau evakuieren und möchte sie vorübergehend nach New York schicken. Hast du eine Bleibe, wo sie untergebracht werden kann? Es handelt sich um Molly. Du hast sie bei deinem letzten London-Besuch kennengelernt. Vielleicht erinnerst du dich an sie."

„Natürlich, welcher Mann könnte solche Brüste vergessen?"

Catherine lächelte nachsichtig. In mancherlei Hinsicht unterschieden sich männliche Vampire von Menschen nur geringfügig. „Und? Hast du kurzfristig eine Unterkunft für sie?"

„Klar, für deine Freunde doch immer. Schick sie einfach über den großen Teich und ich kümmere mich um sie. Zur Not nehme ich sie bei mir auf."

„Untersteh dich, Juan", lachte Catherine. „Molly ist nur ein Teil des Problems. Ein Polizist schnüffelt im *PoD* herum. Bevor sich Decker umgebracht hat, muss er Informationen über das *PoD*, mich und den Vampiren im Allgemeinen an die Polizei übermittelt haben."

„Verflucht, aber irgendwann musste es soweit kommen. Hast du eine Ahnung, wie viel der Polizist weiß?"

„Noch nicht, ich setze meine Spitzel auf ihn an. Dummerweise handelt es sich bei dem ermittelnden Polizisten um den ehemaligen Partner von Audrey. Wenn es jemand anders wäre, hätte ich ihn schon längst töten lassen."

„Verstehe, du willst Audrey nicht erklären müssen, dass du einen Freund von ihr umgebracht hast."

„Genau, ich hoffe noch, dass man mit Gedankenmanipulation den Karren aus dem Dreck ziehen kann. Ich halte dich auf dem Laufenden. Ich gebe Molly Bescheid, dass es mit New York klappt. Denke, sie wird sich freuen dich wiederzusehen. Du bekommst dann noch ihre genauen Flugdaten übermittelt. Wäre super, wenn du sie unter deine

Fittiche nimmst. Sie war mir eine gute Dienerin und hat ein sorgloses Leben im Luxus verdient."

„Wird gemacht, meine Königin. Bis bald", erwiderte Juan und legte den Hörer auf. Vorfreude umgab ihn. Molly würde gut nach New York passen. Er würde sich persönlich um sie kümmern, zumindest eine Nacht.

Hunter blätterte die Akte durch, die nach Carl Deckers Selbstmord angelegt worden war. Er suchte nach engeren Freunden von Decker, die er befragen könnte. Da es sich um einen Suizid gehandelt hatte, war die Akte nicht sehr umfangreich und nicht sehr hilfreich. Stattdessen traf er sich wieder mit Ernie Scoles, wie gewohnt in einem Pub in *Chelsea*.

„Hallo Ernie. Das ist dein Glücksmonat. Du bekommst noch einmal fünfhundert Pfund, wenn du engere Freunde von Carl Decker findest, die etwas mit dem Vampirmist zu tun haben könnten. Decker leitete das *PoD*, bevor er sich vor kurzem umgebracht hat. Ich habe die wichtigsten Infos zu ihm zusammengestellt und dir gemailt. Am besten startest du deine Suche wieder im *PoD*."

„Du hast doch Molly nix von mir erzählt, oder? Das heißt, sie weiß nicht, dass ich sie verpfiffen habe und wird mir nicht die Augen auskratzen, falls ich ihr über den Weg laufe."

„Wie lange kennen wir uns jetzt, Ernie? Habe ich irgendwann mal jemanden deinen Namen genannt?"

„Nicht, dass ich wüsste."

„Siehst du, kannst dich auf mich verlassen. Sonst wärst du schon längst abgeschlachtet worden. Ich gebe dir jetzt zweihundert Pfund. Den Rest bekommst du, wenn du mir Namen nennen kannst."

„Ok, damit kann ich leben, George."
Wie üblich verließ Hunter den Pub als erstes, während Ernie noch einige Bierchen dort zischte. Die Zusammenarbeit mit der Londoner Polizei zahlte sich langsam für ihn aus.

Am späten Abend bestellte sich Ernie im *PoD* einen Whisky. Nachdem er die Informationen, die ihm Hunter geschickt hatte, durchgearbeitet hatte, war ihm klar geworden, dass er sehr viel Glück benötigte, um jemanden aus Deckers Freundeskreis zu finden, der mit ihm über Vampire reden würde. Also versuchte er es als erstes beim Barkeeper. „Hey, einen Whisky, bitte." Paulie stellte ihm das Glas vor die Nase und schaute ihn misstrauisch an. Vampire hatten ein feines Gespür dafür, wenn Menschen etwas im Schilde führten. Hunters Informant fühlte sich unter den Blicken des Barkeepers äußerst unwohl, fragte aber dennoch: „Hast du Molly heute schon gesehen?"

„Warum?", erwiderte der Barkeeper. „Was willst du von ihr?" Paulies Tonfall hörte sich alles andere als freundlich an.

„Immer sachte, nicht gleich böse werden. Wollte nur einen Drink mit ihr nehmen."

167

„Habe sie heute noch nicht gesehen", antwortete Paulie etwas sanftmütiger, behielt seinen skeptischen Blick aber bei.

„Schade, habe mich beim letzten Mal köstlich mit ihr amüsiert. Hat sie denn vielleicht Freundinnen, die genauso heiß sind und hier verkehren?"

Jetzt lächelte Paulie. „Solch eine Braut findest du nicht oft. Bist du bei ihr zum Schuss gekommen?"

Langsam fühlte Ernie, dass er einen Draht zu dem Barkeeper herstellen konnte und grinste dämlich. Unter Männern war diese Antwort mehr als ausreichend. „Mal eine ganz andere Frage. Ihr verkauft ja falsche Vampirzähne und habt das Molly-Double vor der Tür. Woher kommt denn der Bezug zu Vampiren?"

„Passt halt zum Namen des Clubs und ist ein guter Marketing-Gag. Was sollte denn sonst dahinter stecken?"

„Keine Ahnung. Carl hatte mal erzählt, dass er in eine Art Vampirclub eingetreten wäre."

„Du meinst unseren ehemaligen Geschäftsführer Carl Decker?"

„Genau, wir haben früher viel Squash zusammen gespielt. Habe ihn meistens gewinnen lassen." Ernie ging jetzt aufs Ganze, er hatte Decker niemals persönlich getroffen, aber das konnte der Barkeeper ja nicht wissen.

„Und Decker hat was von Vampiren erzählt?"

„Ja, er wollte mich eigentlich in den Club einführen, aber dummerweise hat er sich vorher umgebracht."

„Welch ein Pech für dich, Kumpel."

„Als Barkeeper hört man doch viel vom Gequatsche der Gäste. Hast du nicht mal was in der Richtung gehört?"

„Was ist für mich drin, wenn ich dir was erzähle?"

„Hundert Pfund, wenn die Info mir weiterhilft."

„Ok, wir treffen uns in einer halben Stunde im *Moonlight Club*. Ich kann dir einige Namen nennen. Möchte das aber nicht hier im *PoD* erzählen", erwiderte Paulie.

„Ich werde da sein, bis gleich." Ernie konnte sein Glück kaum fassen. Seine Glückssträhne schien anzuhalten. Er kippte sich noch einen weiteren Whisky hinter die Binde und verließ das *PoD*. Der *Moonlight Club* lag ja gleich um die Ecke.

19. Oktober

Nach dem Schwertkampf und den Übungen zur Selbstdisziplin bei der Nahrungsaufnahme, stand nun die Gedankenmanipulation auf dem Trainingsplan. Davor hatte Audrey ein bisschen Bammel. Die Erinnerungen von Menschen zu löschen stellte ja eine der wichtigsten Fähigkeiten der Vampire dar, ansonsten wäre ein halbwegs friedliches Leben unter den Menschen kaum möglich. Sie müsste diese Fähigkeit perfekt beherrschen, um nicht in die Gefahr zu geraten, Menschen zu töten, nachdem sie sich von ihnen genährt hatte. Catherine zeigte ihr einige Techniken. Audrey stellte sich allerdings nicht sehr geschickt an, so dass Catherine die Übungen nach einer halben Stunde beendete. Sie wollte ihre Geliebte nicht unnötig frustrieren. Dies könnte ansonsten die animalischen Triebe wieder stärker hervortreten lassen.

Ernie wartete mittlerweile länger als zwei Stunden im *Moonlight Club*. Vom Barkeeper des *Princess of Darkness* immer noch nichts zu sehen. Einen Drink würde er noch runterkippen und dann zurück ins *PoD* gehen. Was bildete sich dieser verfluchte Barkeeper ein, ihn so lange warten zu lassen. Der Alkoholpegel bei Ernie erreichte mittlerweile einen Wert, der ihn als betrunken ausweisen würde. In diesem Zustand war er schon häufiger in Schlägereien verwickelt worden. Einmal hatte es sogar im Eifer des Gefechts einen Toten gegeben. Damals war er Hunter das erste Mal begegnet und hatte einen Deal mit ihm aushandeln können, der ihm vor den Knast bewahrte. Seither war er Informant des Inspektors. Ernie suchte noch den Waschraum auf, bevor er den *Moonlight Club* verlassen wollte. Dort rempelte ihn ein großgewachsener Bursche mit Irokesenschnitt scheinbar zufällig an. Im nüchternen Zustand wäre Ernie wahrscheinlich cool geblieben und hätte nicht versucht den Rempler auszuknocken. Der Versuch scheiterte kläglich, da sich sein Gegenüber blitzschnell zur Seite bewegte und mit einem mächtigen Schwinger Ernie die Luft nahm. Der Ellbogen des Irokesen krachte Ernie ins Gesicht, woraufhin er seine gebrochene Nase umklammerte und gurgelnde Geräusche von sich gab. Bevor er sich wieder komplett aufrichten konnte, prasselten schon die nächsten Schläge auf ihn ein, die ihn zu Boden streckten.

„Na, du Lusche. Wie gefällt dir das?" Ein hämisches Lächeln erschien auf dem Gesicht des Aggressors. Ernie schaute verzweifelt nach oben und blickte in die rot strahlenden Augen einer Bestie. Der Irokese fuhr seine Fangzähne aus und knurrte den am Boden liegenden Menschen an: „Für wen arbeitest du? Warum schnüffelst du im *PoD* herum?"

Ernie hatte das Gefühl, dass jemand in seinen Gedanken herumfuhrwerkte und sein Wille nicht zu antworten wurde von Sekunde zu Sekunde schwächer. Schließlich gab er den Namen von Hunter preis. Aber dies konnte ihn nicht mehr vor dem Tod retten. Das letzte, was der Informant sah, war ein großes Messer in der Hand des Angreifers. Danach war nur noch Dunkelheit.

„Verdammter Mist", fluchte Hunter leise vor sich hin, als er am Tatort eintraf und den übel zugerichteten Körper von Ernie Scoles erblickte. Sollte er für den Tod von Ernie verantwortlich sein, weil er ihn ins *PoD* geschickt hatte, um rumzuschnüffeln? Konnte kaum ein Zufall sein, dass sein Informant im *Moonlight Club* ermordet worden war. Der lag ja in Gehweite zum *PoD*. Trotz seiner Verfehlungen hatte er seinen Informanten gemocht. Und solch einen Tod verdiente ohnehin niemand. Er schwor sich, dass er den Täter zur Strecke bringen würde. Koste es, was es wolle.

20. Oktober

Catherine rang mit sich seit Tagen, ob sie Audrey von Vladimirs Tod, den Ermittlungen von Hunter in London und deren Auswirkungen erzählen sollte. Sie ging in dieser Nacht aufs Ganze. Je nachdem, wie Audrey diese Nachrichten verkraftete, würde die Zukunft sein. Entweder Himmel oder Hölle, dachte die Königin pathetisch.

„Hey, Sweetheart", begrüßte sie ihre große Liebe, nahm sie zärtlich in die Arme, tätschelte ihre Wange und küsste sie. Wie wohl sie sich fühlte, wenn sie Audrey in den Armen hielt. Aber wie lange würde das noch so weitergehen? Die nächsten Minuten würden es zeigen.

„Heute steht auf dem Trainingsprogramm eine Einheit, die ich noch mit niemandem durchgeführt habe. Es geht um Wahrheit und Vertrauen, Audrey. Nur, wenn wir uns alles erzählen und uns danach weiter in die Augen schauen können, besteht eine Chance für unsere unendliche Liebe. Verstehst du das?"

Audrey schaute verwirrt und schüttelte den Kopf. Ihr gefiel nicht, was sie sah. Catherine wirkte bedrückt, fast verzweifelt.

„Das wirst du bald. Du erinnerst dich sicher nur dunkel an die Hypnose-Sitzung mit Juan vor einigen Wochen, in der du uns erzählt hast, wer für deine Entführung nach New York verantwortlich gewesen ist. Wir haben dir ja niemals erzählt, was du unter Hypnose berichtet hast. Der Auftraggeber für das Kidnapping war Cole gewesen und diese Bestie hat dich außerdem brutal vergewaltigt. Juan konnte diese Infos aus deinem Unterbewusstsein hervorholen, obwohl Cole deine Gedanken manipuliert hatte. Aber Juan ist ein Meister der Hypnose. Nach meiner Wahl zur Königin habe ich Vladimir und Dante nach New York geschickt, um Cole töten zu lassen. Dabei sind beide selbst den Heldentot gestorben – für dich. Nur Juan ist es zu verdanken, dass Cole diesen Kampf nicht überlebt hat. Mein Bruder hat dich und unsere beiden Freunde gerächt, indem er Cole und seiner Gefährtin den Kopf abschlug."

Audrey liefen dicke Tränen das Gesicht herunter. Im Gegensatz zu den Menschen waren die Tränen bei den Vampiren nicht aus Wasser, sondern aus Blut. Vladimir war für sie gestorben, dachte sie voller Trauer und Catherine hatte ihn in den Tod geschickt. Sie hätte doch wissen müssen, dass Cole zu mächtig für Vladimir gewesen ist, dachte Audrey verbittert. Sie ahnte ja nicht – genauso wenig wie Catherine – dass es Vladimir gelungen war, Cole zu töten. Juan war letztendlich Vladimirs Scharfrichter gewesen.

„Es tut mir leid, mein Schatz. Aber die Schandtaten von Cole mussten gesühnt werden. Hoffe, du verstehst das."

„Warum hast du mich nicht selbst gerächt, Catherine? Du bist doch viel stärker, als es Vladimir und Dante jemals sein konnten. Ich denke, du liebst mich und trotzdem schickst du andere Vampire los, um mich zu rächen? Wolltest du dir nicht die Finger schmutzig machen?"

Diese Frage hatte Catherine befürchtet und die Antwort darauf war sicher nicht das, was Audrey sich gewünscht hätte.

„Ich musste an das große Ganze denken. Ich bin schließlich das Oberhaupt aller Vampire und konnte Cole nicht für einen Menschen töten. Daher habe ich meine loyalsten Untertanen nach New York gesendet. In der Hoffnung, dass alles klappen würde und keine Verbindung zu mir hergestellt werden konnte. Denn ich musste den Thron schützen."

„Scheiß auf den Thron", schrie eine wütende Audrey. „Immer geht es nur um die Vampirliga und deine Machtstellung. Dir ist doch völlig egal, wie es den Leuten an deiner Seite ergeht. Du bist eine fürchterliche Egoistin."

„Das ist nicht wahr. Das weißt du auch."

„Ich weiß nur, dass ich mit diesen ganzen Machtspielchen nichts zu tun haben möchte."

„Das verstehe ich. Aber du musst auch mich verstehen. Ich habe seit hunderten von Jahren darum gekämpft, einmal an der Spitze der Vampirliga zu stehen. Und nachdem ich dieses Ziel endlich erreicht habe, werde ich meine Position für niemanden aufgeben oder auch nur gefährden. Auch nicht für dich, Prinzessin. Tod und Gewalt gehören zu meinem Leben. Und wenn du an meiner Seite stehen möchtest, musst du dich damit abfinden. Vampire können nur mit harter Hand geführt werden. Als weiblicher Vampir muss ich noch gnadenloser sein, um meine Position zu erhalten. Ich darf keine Schwäche zeigen."

Das Gesicht von Audrey war voller blutiger Tränen. Dieser traurige Anblick machte es für Catherine nicht gerade einfacher, mit ihren Ausführungen fortzufahren. Aber es gab nun kein Zurück mehr, sie hatte die Büchse der Pandora selbst geöffnet.

„Es gibt noch ein weiteres Thema, über das ich mit dir reden möchte. Es geht um polizeiliche Ermittlungen, die in den letzten Tagen in London angestellt wurden. Das *PoD* ist ins Kreuzfeuer geraten und wir müssen gegebenenfalls einen Polizisten töten, den du gut kennst. Wäre es sehr schlimm für dich, wenn ich Inspektor Hunter töten ließe, um die Sicherheit der Londoner Vampire zu gewährleisten?"

Catherine blickte in die weit aufgerissenen und ungläubig blickenden Augen ihrer geliebten Audrey und wusste in diesem Augenblick, dass sie ihre große Liebe für immer verloren hatte. Auch wenn dies dem jungen Vampir an ihrer Seite in diesem Augenblick noch nicht klar war.

„Wir müssen über unsere Zukunft reden, Prinzessin."

Und sie redeten und redeten und redeten. Stundenlang! Am Ende hatten sie eine Übereinkunft getroffen, die eigentlich niemand von ihnen wollte. Aber beide wussten, dass es der einzige gangbare Weg in die Zukunft wäre. So steinig er auch sein würde. Audrey verließ völlig niedergeschlagen den Trainingsraum. Catherine wartete einige Minuten und ging dann ins Esszimmer. In dieser Nacht würden Menschen sterben. Nur durch einen Blutrausch würde sie diese Nacht überstehen, in der sie ihre Liebe geopfert hatte. In Situationen, wo Menschen zum Alkohol griffen, floss bei den Vampiren Blut und der Sensenmann tat das Übrige. Sie hätte Audrey belügen können und sie wären ein wunderschönes Königspaar geworden. Aber sie wollte sich nicht länger verstellen. Ihr gefiel ihre Rolle als Königin und Beschützerin der Vampirliga. Und wenn sie dafür töten müsste, würde sie dies voller Leidenschaft tun, ohne Rücksicht auf irgendjemanden zu nehmen. Dies würde Audrey leider niemals begreifen und akzeptieren. Daher konnte es keine gemeinsame Zukunft geben.

21. Oktober

„**D**u hast mich rufen lassen, meine Königin!" Vanessa befürchtete, dass Catherine das Urteil über ihre Zukunft gefällt hatte und rechnete mit dem Schlimmsten.

„Ganz recht, mein Täubchen", erwiderte die Königin erstaunlich sanft. „Wie gefällt dir mein Schloss in Transsilvanien? Kannst du dir vorstellen, hier die nächsten Jahrhunderte zu verbringen?"

„Ich tue alles, was mir meine Königin befiehlt", antwortete Vanessa vorsichtig.

„Danach habe ich nicht gefragt. Ich möchte deine Meinung zu einem möglichen Aufenthaltsort wissen."

„Transsilvanien wäre großartig. Und dein Schloss nicht zu übertreffen!"

„Das höre ich gerne. Ich habe nämlich soeben entschieden, dass du meine Gemahlin wirst und an meiner Seite in Transsilvanien dein Leben verbringst. Während meiner Inthronisierungsfeier wirst du der Vampirwelt als Frau an meiner Seite präsentiert."

Vanessa schaute Catherine verständnislos an. Hatte sie richtig gehört? Sie musste sich getäuscht haben. Oder machte Catherine einfach nur Witze und wollte sie veräppeln?

„Überrascht?", fragte die Königin sichtlich amüsiert.

„Ja, sehr. Was meinst du damit, dass ich deine Gemahlin werde? Ich dachte, Audrey wäre deine Auserwählte."

„Ich habe Audrey frei gegeben. Sie darf ihr eigenes Leben als Vampir führen. Da ich sie abgöttisch liebe, blieb mir keine andere Wahl. Sie hätte sich in Transsilvanien nicht wohl gefühlt und das hätte mir auf Dauer das Herz zerrissen. Also benötige ich jemand anderen an meiner Seite und die Wahl ist auf dich gefallen. Du bist mir schließlich noch was schuldig."

Vanessa schluckte und wusste nicht so recht, wie sie darauf reagieren sollte. Was würde ein Leben an Catherines Seite für sie bedeuten? Wäre sie so etwas wie ein Ausstellungsstück, welches die Königin zur Schau stellte, wenn sie Besuch von anderen Vampiren bekam oder Sitzungen der Vampirliga leitete? Würde sie Sex mit der Königin haben müssen? Was für ein verstörender Gedanke. Um bei Catherine nicht wieder in Ungnade zu fallen, antwortete sie: „Ich fühle mich sehr geehrt. Aber ich bin solch einer großen Aufgabe kaum gewachsen und deiner nicht würdig."

Catherine lächelte milde und betrachtete Vanessa von Kopf bis Fuß. Was sie sah, ließ sie zufrieden grunzen. Vanessa besaß sogar einen noch atemberaubenderen Körper als Audrey. Auch wenn sie gegenüber Vanessa keine tiefen Gefühle hegte, sollte sie doch zumindest Spaß mit ihr haben können. Da ihre neue Gemahlin auch schon seit über hundert Jahren ein Vampir war, wusste sie auf was es dabei ankam, einer Königin zu dienen. Audrey hätte sich wohl niemals richtig untergeordnet, wie es sich für die Partnerin der Königin geziemte. Das Leben mit Vanessa würde um vieles einfacher werden. Aber ihren großen Traum einer Gefährtin, mit der sie bis ans Ende ihrer Tage voller Leidenschaft und Liebe verbunden wäre, würde sie sich nicht erfüllen können. Um nicht weiter in Trübsal zu versinken, sagte sie: „Zieh dich bitte aus, Vanessa. Dies wird deine erste Liebesnacht mit deiner Königin."

Oh mein Gott! Was für ein Wahnsinn, dachte Vanessa nur, als sie sich widerwillig aus den Kleidern schälte. Vielleicht wäre es doch besser gewesen, Catherine hätte sie getötet. Ein Leben als eine Art Sexsklavin erschien ihr nun wirklich nicht sehr verlockend. Aber was könnte sie dagegen tun? Sollte sie versuchen zu fliehen?

Hunter ermittelte derweil in London im Mordfall Ernie Scoles. Die Überwachungskameras rund um den *Piccadilly Circus* und die Befragung der Angestellten im *Moonlight Club* führten zu zwei verdächtigen Gestalten, die als Täter in Frage kamen. Der Inspektor fokussierte sich auf einen Burschen mit Irokesenschnitt, der einem der Barkeeper im *Moonlight Club* verdächtig erschienen war, da er nichts getrunken und den Eindruck erweckt hatte, dass er jemanden suchte. Niemand hatte ihn vorher schon einmal im Club gesehen. Er passte von seinem Outfit auch nicht wirklich in den Club. Hunter würde am nächsten Tag den Geschäftsführer des *PoD* ins Präsidium vorladen und ihm klarzumachen versuchen, dass der Club vorübergehend geschlossen würde, wenn sich der Mord an Ernie nicht schnell aufklären ließe. Hunter verlor langsam die Geduld. Er war kurz davor, den Brief von Carl Decker seinem Vorgesetzten zu zeigen, um eine Task Force einzusetzen, die herauszufinden hätte, welche Beschuldigungen korrekt wären. Aber er würde erst noch einmal eine Nacht drüber schlafen und die Befragung mit Marius abwarten.

22. Oktober

Audrey flog mit der Gulfstream nach London. Ihre Gefühle waren zwiespältig. Einerseits hatte sie sich damit abgefunden, dass sie menschliches Blut benötigte, andererseits wollte sie keine unschuldigen Personen verletzen oder sogar töten. Daher hatte sie ihre Liebe zu Catherine opfern müssen und stieg voller Traurigkeit ins Flugzeug. Sie war erstaunt gewesen, dass Catherine es ihr erlaubte, nach London aufzubrechen. Denn es gab für Audrey keinen gefährlicheren Ort auf der ganzen Welt. Sie veränderte ihr Aussehen so weit wie möglich. Färbte ihr Haar dunkelblond, setzte graue Kontaktlinsen ein und legte ein Makeup auf, was sie fast wie einen Freak aussehen ließ. Alles in allem sah sie der „alten" Audrey nicht mehr sehr ähnlich. Und in der Dunkelheit sollte sie noch schwieriger wieder zu erkennen sein. Das müsste vorerst genügen. An ihrer Seite saß Vanessa, die den Auftrag bekommen hatte, sie mit Menschenblut zu versorgen, damit Audrey kein Gemetzel anrichtete, wenn die Gier nach dem roten Lebenssaft zu groß würde. Denn Catherine wollte jegliche Aufmerksamkeit in London vermeiden, solange Hunter sich auf der Suche nach Vampiren befand. Was für eine Ironie. Noch vor wenigen Tagen trank Audrey Vanessas Vampirblut, welches überhaupt erst dazu geführt hatte, sie in eine Untote verwandeln zu können. Und nun lieferte

Vanessa ihr menschliches Blut frei Haus, damit sie als Vampir nicht verreckte oder enttarnt wurde, weil sie ihre Spuren nicht ausreichend verwischte. Komischerweise wirkte Vanessa aber gar nicht angepisst, sondern schien die Reise nach London regelrecht zu genießen, wunderte sich Audrey. Sie wurde einfach nicht schlau aus der dunkelhaarigen Schönheit an ihrer Seite. Mittlerweile hatte sie ihre animalischen Triebe etwas besser unter Kontrolle, aber wenn sie nicht ganz schnell zum menschlichen Blut greifen würde, müsste sie über Vanessa herfallen. Denn nur animalischer Sex konnte sie davon abhalten, auszurasten, wenn sie Hunger verspürte und keine Nahrung bekam. Zum Glück war die Flugzeit begrenzt. Ansonsten hätte sie für nichts garantieren können. Es war unfassbar. Gerade erst hatte sie die Verbindung mit Catherine gelöst und schon dachte sie wieder an Sex mit Vanessa. Irgendwas stimmte nicht mit ihr, dachte sie leicht verzweifelt. Vielleicht lag es daran, dass Vanessa ihr viel ähnlicher war als Catherine. Fast schon eine Seelenverwandte. Sie hasste es zu töten und jegliche Gewalt gegenüber Menschen. Genau wie sie selbst. Und der unfassbar schöne Körper von Vanessa führte wahrscheinlich jedes Wesen auf Erden zum Träumen.

„Bist du mir noch böse?"

„Warum sollte ich dir böse sein?" Audrey wunderte sich über die demütige Haltung, die Vanessa an den Tag legte. Ihr forsches Auftreten von ihrer letzten Zusammenkunft schien völlig verloren gegangen zu sein.

„Ich habe zugelassen, dass du erschossen wurdest. Meinetwegen bist du zum Vampir mutiert. An deiner Stelle würde ich mich bestimmt hassen."

„Du konntest doch nicht ahnen, dass mich ein Polizist erschießen würde. Du solltest mich schließlich vor Vampiren schützen und nicht vor Menschen. Ich hatte die Lage in Cardiff völlig falsch eingeschätzt. Wenn jemand einen Fehler begangen hat, dann ich. Und ohne dein magisches Blut wäre ich nicht zurückgekehrt, sondern für ewige Zeiten unter der Erde geblieben. Du bist ja im strengen Sinn sogar meine Schöpferin. Also muss ich dir auf ewig dankbar sein und hege dir gegenüber nicht den geringsten Groll. Ich bin auf dem besten Weg mich als Vampir wohlzufühlen." Das war allerdings eine faustdicke Lüge. Nach den letzten Nächten war ihr endgültig bewusst geworden, dass ihr als Vampir keine erfreuliche Zukunft bevorstand. Aber warum sollte sie Vanessa damit belasten. Diese hatte schon genug Schuldgefühle. Wären alle Vampire wie Vanessa, hätte sie sich mit dem Vampirdasein vielleicht anfreunden können, aber bei den mächtigsten Vampiren wie Catherine und wohl auch Juan pflasterten zahlreiche Leichen den Weg. Und ein Ende des Leichenpfades war weit und breit nicht in Sicht.

Vanessa wunderte sich, dass jemand kurze Zeit nach der Verwandlung offenbar klar denken konnte und sich bereits mit dem neuen Leben arrangierte. Sie erinnerte sich noch an ihre ersten Wochen als Vampir. Sie war dauernd ausgerastet und musste eingesperrt werden, bis sie es endlich verkraftet hatte, eine Untote zu sein. Man hätte sie in den ersten Monaten nicht auf die Menschen loslassen dürfen. Sie war ihrem Schöpfer dankbar dafür gewesen, dass er monatelang Geduld mit ihr gehabt hatte. Wer weiß, wie viele Menschenleben sie ansonsten ausgelöscht hätte. Vielleicht hätte sie sich auch selbst gerichtet, um dem Wahnsinn zu entgehen. Insbesondere die fehlende Wärme der Sonnenstrahlen führte bei ihr zu schlimmen Depressionen, die ihr immer noch gelegentlich zu schaffen machten. Dagegen gab es kaum ein Heilmittel.

„Ich brauche deine Hilfe, Vanessa. Meine Fähigkeit die Gedanken von Menschen zu manipulieren ist noch nicht sehr ausgeprägt, aber ich benötige diese Gabe in den nächsten Nächten. Tust du mir den Gefallen und löscht die Erinnerung von Menschen für mich? Du müsstest mich natürlich begleiten, wenn ich mich mit den Menschen treffe."

„Du willst dich mit Sterblichen aus deiner Vergangenheit treffen? Ist das nicht zu riskant?"

„Deshalb brauche ich deine Unterstützung. Nach den Treffen musst du die Zusammenkünfte aus dem Gedächtnis der Menschen entfernen. Sie dürfen sich danach nicht an mich erinnern. Ich bin ja schließlich tot."

„Weiß Catherine, was du vorhast?"

„Ja, deswegen hat sie mich nach London gehen lassen."

„Ok, dann helfe ich dir. Aber ich muss spätestens am neunundzwanzigsten Oktober zurück nach Transsilvanien."

„Danke, Vanessa. Du rettest damit meine Zukunft." Und hoffentlich nicht nur meine, fügte sie in Gedanken hinzu.

„Darf ich dich etwas fragen, Audrey?"

„Nur zu."

„Catherine hat mir erzählt, dass sie dich freigegeben hat, weil sie unsterblich in dich verliebt ist und sie es nicht ertragen hätte, wenn du in Transsilvanien unglücklich wärst. Liebst du Catherine denn nicht?"

„Natürlich liebe ich sie, aber sie ist die Königin und sie muss Entscheidungen treffen, mit denen ich nicht klarkomme. Ich bin mit Herz und Blut Polizistin gewesen und werde auch als Vampir keine unschuldigen Menschen töten. Das hat Catherine verstanden. Sie tötet, weil es ihr Spaß macht oder um die Vampirliga zu schützen, nicht weil sie die Gier überkommt und sich nicht beherrschen kann. Damit kann ich auf Dauer nicht leben. Du kennst ja das sogenannte Esszimmer im Schloss. Ich weiß nicht, ob ich meine Selbstbeherrschung behalten könnte, wenn ich permanent dort wohnen würde. Immer nur wenige Schritte von frischem Blut – auf einem Silbertablett serviert – entfernt. Ist doch naiv zu glauben, dass dies nicht auf mich abfärben würde. Wir haben gemeinsam die Entscheidung getroffen, dass es das Beste wäre, wenn wir uns nicht mehr über den Weg laufen. Vielleicht sehe ich die Vampirwelt in hundert Jahren aus einem anderen Blickwinkel und ich kehre zu meiner Königin zurück. Aber im Moment führen wir zwei getrennte Leben. Ich werde mir einen abgelegenen Ort suchen und mich von tierischem Blut ernähren, solange ich die Erinnerungen der Menschen nicht löschen kann."

„Oh", war das einzige, was Vanessa hervorbrachte. Sie verstand Audrey sehr gut. Fast wünschte sie sich, das Leben an der Seite des jungen Vampirs verbringen zu dürfen anstatt an der Seite des mächtigsten Vampirs. Sie fragte sich, ob Audrey bereits wusste, dass Catherine eine neue Gemahlin ausgewählt hat. Hatte aber Angst davor, sie danach zu fragen. Sie wusste ja nicht, wie Audrey darauf reagieren würde.

„Wenn ich in fünfzig Jahren noch den Kopf auf meinen Schultern trage, darf ich das Oberhaupt der Londoner Vampire werden. Bis dahin sind alle, die mich wiedererkennen könnten, tot und ich kann aus der Versenkung auftauchen." Eine völlig abstruse Vorstellung und es war eine weitere Lüge, die sie Vanessa auftischte, um diese von ihren Schuldgefühlen zu befreien. Es konnte natürlich keine Rede davon sein, dass sie einmal eine gehobene Stellung in der Welt der Vampire einnehmen könnte. Dafür fehlte ihr die Lust am Töten. Bereits nach den wenigen Tagen als Vampir besaß sie mehr Abscheu vor dem Morden als viele Vampire am Ende ihrer Entwicklung. Dies änderte allerdings nichts daran, dass sie sich nach der roten Flüssigkeit verzehrte. Aber dafür sollten keinen Menschen zu Schaden kommen. Sie müsste es nur auf die Reihe bekommen, die Erinnerungen der Menschen zu löschen. Dann bräuchte sie niemals einen Sterblichen töten. Sie dankte Catherine dafür, dass sie sich in den ersten Tagen nach der Verwandlung so rührend um sie gekümmert und verhindert hatte, dass sie einen Menschen umbrachte. Aber seitdem Audrey wieder klar denken konnte, war die Abscheu im Schloss der Königin zu leben, immer größer geworden. Dort starben täglich Menschen, die oft wochenlang gefangen gehalten wurden. Dies konnte Audrey nicht mit ihrem Gewissen vereinbaren. Für Catherine waren die Menschen nur Nahrungsspender und keine Wesen, die es verdient hatten zu leben.

„Das sind ja tolle Perspektiven", bemerkte Vanessa. Im Gegensatz zu ihrer eigenen trostlosen Zukunft, die ihr bevorstünde. Entweder sie würde Catherines Sklavin bis in alle Ewigkeit oder sie würde sich durch einen Mord freikaufen. Beide Optionen ließen sie erschaudern. Aber einen dritten Weg schien es für sie nicht zu geben.

„Hallo, Marius", begann Catherine das Telefonat mit dem Oberhaupt der Londoner Vampire. „Vanessa und Audrey sind auf dem Weg in deine Stadt. Sie haben den Auftrag sich um George Hunter zu kümmern. Da der Polizist Teil der menschlichen Vergangenheit von Audrey ist, versucht Vanessa herauszufinden, wie viele Informationen der Inspektor besitzt und was nur reine Spekulation darstellt. Sollte sich herausstellen, dass Hunter eine Gefahr für uns bedeutet und wir seine Gedanken nicht beeinflussen können, wird Vanessa ihn töten und dann wieder aus London verschwinden. Zum *PoD* sollte keine Verbindung hergestellt werden können."

„Ich verstehe. Was passiert mit Audrey, wenn Hunter umgebracht worden ist? Bleibt sie in London? Wäre das nicht zu gefährlich? Es könnte sie ja jemand erkennen."

„Lass uns darüber sprechen, sobald das Problem mit der Polizei gelöst ist. Aber es steht außer Frage, dass sie nicht lange in deiner Stadt verweilen darf. Das Risiko entdeckt zu werden, wäre zu hoch."

„Ok. Ich nehme an, dass ich den beiden Mädels Unterschlupf gewähren soll."

„Das ist nicht nötig. Vanessa und Audrey werden in meinem kleinen Schloss vor den Toren Londons untergebracht. Idealerweise wird es überhaupt keinen Kontakt zwischen dir und den beiden geben. Nur so können wir das Risiko minimieren."

„Gut. Hunter macht derzeit viel Druck und hat mir heute gedroht, das *PoD* zu schließen, wenn wir nicht kooperieren und ihn bei der Suche nach dem Mörder seines Informanten unterstützen. Ich weiß nicht, wie viel Zeit noch vergeht, bis er auf etwas stößt, was uns große Probleme bereiten könnte. Dann halte du mich bezüglich Vanessa auf dem Laufenden und ich melde mich bei dir, wenn es neue Entwicklungen im *PoD* gibt."

„Mache ich. Bis bald." Catherine war nicht ganz wohl dabei, Vanessa dafür einzusetzen, die Gedanken von Hunter zu manipulieren und gegebenenfalls den Tod des Polizisten hervorzurufen. Aber ihr blieb keine andere Wahl. Audrey vertraute Vanessa, obwohl sie in Cardiff versagt hatte. Und die Aufgabe ihrer ehemaligen Geliebten war es, möglichst alle Informationen von Hunter zu erhalten, die von Bedeutung waren, für den Fall, dass Vanessas Gedankenmanipulation nicht greifen würde. Sie kannte den Polizisten am besten und könnte einschätzen, was Hunter wusste und was nicht. Vanessas musste dann entscheiden, ob der Polizist eine Gefahr für die Vampire darstellte und getötet werden musste oder eben nicht. Nach den neuesten Entwicklungen in London bestand in ihren Augen keine Chance mehr den Inspektor am Leben zu lassen. Aber vielleicht konnte Vanessa ja ein Wunder vollbringen.

23. Oktober

Es war eine dieser mondlosen, schweren Nächte, die sich wie ein dicker Mantel über die Stadt legen. Das Gewitter, das sich schon den ganzen Tag ankündigte, stand unmittelbar bevor. Es war nur noch eine Frage der Zeit, wann der Himmel seine Schleusen öffnen würde. Obwohl es kurz nach Mitternacht war, spürte Hunter nichts von der üblichen Abkühlung der Nachtluft. Er schwitzte sogar ein bisschen.

„Hallo Inspektor. Wieder einen langen Arbeitstag hinter sich gebracht?", begrüßte Audrey ihren ehemaligen Partner auf einem Parkplatz in der Nähe von dessen Haus.

Hunter starrte den jungen Vampir verwirrt an und traute seinen Sinnen nicht. Vor ihm stand seine tote Kollegin. Zwar mit dunklerer Haarfarbe und einem fürchterlichen Makeup, aber unverkennbar Audrey Weaver. Im Hintergrund erkannte er eine junge Frau mit langen, dunklen Haaren, die die Szene aufmerksam beobachtete. „Das kann doch nicht wahr sein."

„Doch", erwiderte Audrey lächelnd und ging einen Schritt auf den Polizisten zu.

Dieser wich etwas zurück und fragte: „Wie ist das denn möglich? Wen haben wir denn dann begraben?"

Trotz der Dunkelheit sah sie, wie bleich der Inspektor geworden war. „Mich, aber ich bin wieder ausgebuddelt worden."

Langsam bekam es Hunter mit der Angst zu tun. Entweder er verlor gerade vollkommen den Verstand oder seine Kollegin war von den Toten zurückgekehrt. Schwer zu sagen, was schlimmer wäre. Vielleicht enthielt der Brief von Carl Decker doch mehr Wahrheiten als erhofft. „Was sind Sie, Weaver?"

„Ein Vampir. Aber keine Angst. Nicht jeder von uns ist eine Bestie. Schauen Sie sich meine Freundin Vanessa an. Sie verübt weniger Gewalttaten als die meisten Menschen, die wir in unserem Job kennengelernt haben."

Hunter betrachtete das junge Wesen im Hintergrund, welches auch ein Vampir sein sollte. Sie sah eher aus wie ein unschuldiger Engel. Hoffentlich stellte sie sich nicht als Todesengel heraus. Sie grinste den Polizisten freundlich an, verhielt sich sonst aber ruhig.

„Wir müssen über Ihre Ermittlungen reden, die Sie gegenüber dem *PoD* durchführen. Woher stammt denn Ihr Verdacht, dass dort etwas nicht mit rechten Dingen zugeht?"

„Warum sollte ich Ihnen das erzählen, Weaver?"

„Ich möchte Ihr Leben retten, Inspektor. Erzählen Sie uns alles, was Sie wissen. Dann sorge ich dafür, dass Ihnen nichts passiert."

„Das soll ich Ihnen glauben? Vor kurzem wurde ein Informant von mir getötet. Bin sicher, dass Ihre neuen Freunde dahinterstecken."

„Sie können mir vertrauen."

„Da kann ich nur lachen. Sie haben mich als Mensch schon nach Strich und Faden belogen. Und als Untote sagen Sie plötzlich nur noch die Wahrheit?" Hunter fasste es nicht, dass er mit Detective Weaver sprach. Auch wenn sie jetzt natürlich keine Polizistin mehr war, sondern ein Freak, der von den Toten zurückgekehrt zu sein schien. Seine Trauer bezüglich ihres Todes war gerade am Abklingen gewesen und nun dies. Er empfand regelrecht Abscheu sie zu sehen, da es einfach unnatürlich war, dass sie nicht mehr unter der Erde lag. So sehr er sie als Mensch auch gemocht hatte, so sehr verachtete er sie als Untote.

„Bitte Inspektor. Sagen Sie mir, was Sie wissen. Nur so kann ich Sie retten. Ich habe einen Deal mit dem Oberhaupt aller Vampire ausgehandelt. Sie bleiben am Leben, wenn Sie kooperieren. Andernfalls werden Sie diese Nacht sterben."

„Wollen Sie mich umbringen, Weaver?"

„Natürlich nicht, aber es werden sich andere Vampire um Sie kümmern und ich kann Sie dann nicht mehr beschützen."

Vanessa vermutete, dass die Überredungskünste von Audrey nicht ausreichen, bewegte sich daher blitzschnell auf Hunter zu und fasste ihn sanft an den Schultern. Ihre rot glühenden Augen durchbohrten die Augen des Polizisten. Hunter fühlte, wie jemand in seine Gedanken eindrang und versuchte diese auszuschalten. Dies gelang ihm aber nicht so ganz. Er geriet in eine Art Trance, in der er die Fragen von Vanessa bereitwillig beantwortete. Er war mehr oder weniger bewegungsunfähig, nur seine Lippen bewegten sich.

„Inspektor, woher haben Sie die Informationen bezüglich des *PoD*?"

„Carl Decker hat einen Brief an mich gesendet, in dem er beschreibt, dass Catherine Drake Besitzerin des *PoD* und ein Vampir ist. Außerdem sei sie die Geliebte meiner Kollegin Audrey Weaver."

„Wem haben Sie von diesem Brief erzählt?"

„Niemandem."

„Gibt es wegen des Mordes an Ihrem Informanten relevante Spuren?"

„Bisher haben wir zwei Verdächtige ins Auge gefasst. Wir konnten die Namen der Personen noch nicht ermitteln. Unsere Gesichtserkennungssoftware führte noch nicht zu einem Erfolg und niemand aus den Clubs hatte sie vor der Mordnacht schon einmal gesehen. Wir tappen also im Dunkeln."

„Haben Sie eine Akte angelegt, die Ihre Nachforschungen gegenüber dem *PoD* betreffen?"

„Ich habe die Infos nur auf meinem Laptop gespeichert. Außer dem Brief von Decker existieren keine physischen Dokumente."

„Wo befinden sich der Brief und der Laptop in diesem Augenblick?"

„Den Laptop habe ich in meinem Auto liegen, während Deckers Brief in einem Bankschließfach liegt. Nur ich bin befugt, das Schließfach zu öffnen."

„Mist", dachte Vanessa. An das Bankschließfach würden sie so ohne weiteres nicht herankommen. Sie könnte natürlich in die Bank einbrechen, aber das würde unnötig Aufsehen erregen. Das dürfte Catherine nicht gefallen.

Audrey bewunderte die Fähigkeit von Vanessa, die Antworten von Hunter so einfach zu erhalten. Wenn Hunter mit niemandem darüber geredet hat, dürften die fehlenden Dateien, die sie vom Laptop löschen würden, niemandem auffallen. Aber wie kämen sie an den Brief heran? Sie selbst müsste sich von der Bank fernhalten. Sollte sie von einer Überwachungskamera gefilmt werden, würde herauskommen, dass sie nicht mehr unter der Erde liegt und dies würde viele Fragen aufwerfen. Insbesondere bei Hunter, selbst wenn Vanessa seine Erinnerungen an diese Nacht gelöscht hätte. Sollten sie aber nur seine Erinnerungen an seine Ermittlungen löschen, würde der Inspektor den Brief eines Tages in seinem Schließfach wiederfinden und erneut mit Nachforschungen beginnen.

„Was passiert mit dem Schließfach, wenn Sie nicht mehr leben?" Vanessa setzte die Befragung von Hunter fort. Audrey blickte geschockt, schien von der Frage überrascht worden zu sein.

„Das Schließfach dürfte dann an meine Frau übergehen."

„Haben Sie mit ihr über das *PoD* gesprochen?"

„Natürlich nicht, wollte sie doch nicht unnötig in Gefahr bringen. Ich rede über keinen meiner Fälle mit ihr."

„Sehr gut, dann sind Sie der einzige, der uns gefährlich werden kann. Was meinst du, Audrey? Was sollen wir mit dem Inspektor tun? Meine Gedankenmanipulation ist nur noch einige Minuten wirksam. Wir müssen uns also schnell entscheiden."

Audrey wusste darauf auf Anhieb auch keine Antwort und sah Vanessa fragend an. Was sollten sie nur tun? Beide verabscheuten Gewalt, aber Hunter war ein Problem. Das ließ sich nicht leugnen. Was für ein Dilemma.

Vor diesem Moment hatte sich Vanessa gefürchtet. Sie durften den Polizisten nicht am Leben lassen. Sonst bestünde eine reelle Gefahr, dass die Menschen von der Existenz der Vampire erfahren würden. Andererseits hasste sie es zu töten. Es war aber auch die einzige Chance sich der Sklaverei zu entziehen. Denn Catherine hatte sie vor die Wahl gestellt. Entweder sie brachte in London die Leute um, die die Sicherheit der Vampire gefährdeten und würde sich damit die Freiheit erkaufen oder sie wäre bis ans Ende ihrer Tage die Gespielin von Catherine, die dann jederzeit auf sie zugreifen könnte. Sie traf eine Entscheidung, die den Weg in ihre Zukunft ebnete. Sie nahm dem Polizisten, der sich weiterhin nicht bewegen konnte, seine Pistole ab, entsicherte sie und drückte ab.

Ein ohrenbetäubender Krach ertönte in Audreys Ohren. Sie hatte gar nicht wahrgenommen, was Vanessa tat. Ungläubig blickte sie auf das Einschussloch in Hunters Kopf. Ihr ehemaliger Partner war tot. Im Gegensatz zu ihr endgültig. Ihn würde niemand in einen Vampir verwandeln. Anschließend wendete sie sich Vanessa zu. „Was hast du getan?"

„Ich hatte keine Wahl. Wenn ich ihn nicht getötet hätte, wäre ich bis in alle Ewigkeit von Catherine terrorisiert worden."

„Wovon redest du denn bloß?" Audrey blickte die dunkelhaarige Schönheit verständnislos an. Die ersten Tränen liefen Vanessas Wangen herunter. Es schien ihr tatsächlich schwer gefallen zu sein, den Inspektor zu erschießen. Aber das machte ihn nicht wieder lebendig. Offenbar war der Schuss gehört worden und jemand hatte die Polizei gerufen. Die Sirenen der Polizeiwagen kamen immer näher.

„Wir müssen weg, Audrey", bemerkte Vanessa, die sich nach einem kleinen Moment der Schwäche wieder gefangen hatte. „Lass uns sofort zu Catherines Schloss aufbrechen." Da der junge Vampir noch wie paralysiert auf Hunters Leiche starrte, wendete Vanessa leichte Gewalt an, um Audrey vom Tatort wegzuziehen. Sie durften von der Polizei nicht gesehen werden. Das Blaulicht der Fahrzeuge war in der Ferne schon zu erkennen.

Catherine surfte im Internet und las die aktuellsten News aus London. Eine Titelzeile gefiel ihr ganz besonders gut: „Inspektor der Mordkommission auf Parkplatz erschossen!" So wie es aussah, hatte Vanessa den ersten Teil ihrer Abmachung erledigt und könnte bald wieder ein freier Vampir sein. Nur noch eine Sache musste sie erledigen. Die Königin war gespannt, ob ihr dies gelingen würde. Sie war nicht ganz fair mit Vanessa umgegangen, als sie ihr mitgeteilt hatte, dass sie ihre Gemahlin werden sollte. Dies war aus einer Laune und dem Frust, den sie damals empfunden hatte, heraus entsprungen. Aber bereits nach der ersten Liebesnacht mit ihr war Catherine klar geworden, dass sie niemals wieder mit einem weiblichen Wesen ins Bett steigen wollte. Dies würde sie zu sehr an Audrey erinnern. Denn mit keiner Frau, ob nun Mensch oder Vampir könnte es jemals so sein wie mit ihrer großen Liebe. Also würde sie in Zukunft sich auf die männlichen Wesen beschränken, wenn es darum ging die fleischlichen Gelüste zu befriedigen.

Das Klingeln ihres Telefons riss sie aus ihren Gedanken. Sie blickte auf das Display ihres Smartphones und erkannte die Nummer von Juan. Sofort umspielte ein breites Lächeln den Mund der Königin. „Hallo Juan, habe gerade an dich und Molly gedacht", bemerkte sie. Dies entsprach zwar nicht der Wahrheit, aber wen kümmerte das schon?

„Hallo, Schwesterherz. Ich wollte dich nur auf den neuesten Stand bringen, was unseren Rotschopf betrifft. Molly ist in New York eingetroffen und ich habe ihr ein sündhaft teures Loft mitten in Manhattan besorgt. Als Oberhaupt der New Yorker Vampire habe ich ja fast unbeschränkten Zugang zu Geld. Denke, es wird ihr an nichts fehlen. Wie lange soll sie denn im *Big Apple* bleiben?"

„Der Polizist, der uns gefährlich werden konnte, ist in dieser Nacht getötet worden. Wir sollten noch ein paar Tage abwarten, aber die größte Gefahr dürfte gebannt sein. Soll Molly erst einmal ihren Spaß bei euch haben. Sie kann dann in ein paar Wochen wieder zurück nach London fliegen."

„Ok, was gibt es sonst Neues? Laufen die Vorbereitungen für die Inthronisierungsfeier auf Hochtouren?"

„Da sind wir im Zeitplan, jeden Tag werden Menschen aus aller Welt nach Transsilvanien gebracht. Es ist ja Tradition mindestens einen Blutspender aus jedem bekannten Land der Erde bei der Feier zu haben. Ich freue mich schon riesig darauf. Solch eine große Auswahl an frischem Blut erlebt man nur selten."

„Die Feier wird sicher bombastisch. Wie ich gehört habe, wirst du Audrey nicht als deine Gemahlin präsentieren. Was ist passiert?"

„Sie war nicht stark genug, um sich mit meinem Wesen in allen Facetten anzufreunden. Denke, dass ihr Vanessas Blut nicht gut getan hat. Es war wohl doch ein Fehler, sie nicht umzuwandeln, als sie mein Blut in den Adern hatte. Damit muss ich jetzt leben und werde Audrey niemals wieder begegnen. Der Schmerz sie zu sehen wäre einfach zu schlimm. Sie wird sich die nächsten Jahrhunderte irgendwo fernab von Städten aufhalten, wo es keine anderen Vampire gibt."

„Kopf hoch, große Schwester. Jeder ältere Vampir hat im Laufe der Jahrhunderte schon mal einen Verlust der großen Liebe hinnehmen müssen. Das gehört leider dazu. Wichtig ist jetzt aber, dass wir die mächtigsten Vampire auf dem Planeten sind und unsere Herrschaft triumphal gestalten." Juan war zwar stinksauer auf Catherine, da sich nun bewahrheitet hatte, dass er Vladimir völlig grundlos umgebracht hat. Aber das ließ sich nicht mehr ändern. Und schließlich war seine Schwester auch nur ein Vampir. Und die Untoten waren in manchen Dingen noch weniger kopfgesteuert als die Menschen. Auch wenn das fast nicht möglich erschien.

„Du hast Recht, Juan. Wir werden die nächsten Jahrhunderte unsere Fußstapfen auf der Erde hinterlassen. Daran gibt es keinen Zweifel. Grüß Molly von mir. Wir sehen uns dann nächste Woche in Transsilvanien. Bis dann, kleiner Bruder."

„Bis bald!"

Audrey lag traurig in den Armen von Vanessa, die auch mit den Tränen kämpfte, aber sie letztendlich erfolgreich bekämpfte. Es war ihr erster Mord an einem Sterblichen seit mehr als fünfzig Jahren gewesen. Sie fing an, Catherine zu hassen.

„Warum hast du ihn umgebracht und nicht nur seine Erinnerung gelöscht?"

„Ich hatte keine Wahl. Catherine gab mir den Auftrag."

„Das glaube ich nicht. Sie hat mir versprochen, dass ich das regeln darf."

„Ach, Kleines. Ich kenne Catherine schon seit hundert Jahren. Sie ist ein echtes Miststück, sonst wäre sie nicht an die Spitze der Vampirliga gekommen."

Audrey wollte widersprechen, aber sie konnte es nicht. Sie wusste, dass Vanessa Recht hatte. Catherine opferte Leben, wenn es ihr in den Kram passte. Aber warum hatte die Königin Vanessa den Auftrag gegeben? Sie wusste doch, dass sie Gewalt verabscheute. Sollte es Rache dafür sein, weil sie in Cardiff keinen guten Job erledigt hatte? Vanessa hatte den Raum im Keller von Catherines Schloss, in dem sie seit einigen Stunden verweilten, verlassen. Kurze Zeit später kam sie zurück, mit einem Schwert in den Händen. Audrey schaute in die Augen des italienischen Vampirs und was sie dort sah, raubte ihr den Atem. Sie hatte noch niemals in solch traurige Augen geschaut. Vanessa bewegte sich plötzlich im Höllentempo auf Audrey zu und durchbohrte mit einem *Katana* die Brust des jungen Vampirs. Ein ohrenbetäubender Schrei entfuhr Audreys Kehle. Niemals zuvor hatte sie solche

Schmerzen erlitten. Und es war noch nicht vorbei. Vanessa zog das Schwert aus Audreys Körper und stach ein zweites Mal auf sie ein. „Es tut mir leid", war das einzige, was Vanessa von sich gab.

24. Oktober

Es klopfte leise an die Tür von Catherines Arbeitszimmer. Die Tür öffnete sich und Vanessa trat in den Raum. Sie sah sehr niedergeschlagen aus. Den Hass, den sie gegenüber der Königin empfand, verbarg sie sorgfältig. „Hallo, meine Königin. Ich bin zurück aus London und habe deinen Auftrag erfolgreich ausgeführt. Sowohl der Inspektor als auch Audrey existieren nicht mehr." Als erstes reichte sie Catherine den Laptop von Hunter, auf dem er seine Nachforschungen festgehalten hatte. Anschließend zog sie ein blutverschmiertes Schwert aus der Scheide und übergab es der Königin. Ältere Vampire konnten den Duft von Blut anderen Untoten zuordnen. Kurze Zeit schien es so, als ob Catherine ins Schwanken geriet. Aber sie fing sich schnell wieder und lächelte. Es war ein trauriges Lächeln. Es handelte sich unbestritten um Audreys Blut auf dem Schwert. Vanessa hatte also Wort gehalten und Audrey vernichtet.

„Du hast mir gute Dienste geleistet, Vanessa. Ich gebe dir hiermit deine Freiheit zurück. Du kannst gehen, wohin du willst. Hast du schon Pläne geschmiedet?"

„Ich habe einige Ideen. Zuerst möchte ich noch kurze Zeit durch Großbritannien reisen, bevor ich in die USA aufbreche. Wahrscheinlich werde ich mich wieder als Privatdetektivin versuchen. Das hat mir damals in Chicago viel Spaß bereitet. Danke, dass du mich verschonst, meine Königin."

„Das Wort einer Königin hat Gewicht. Ich stehe natürlich zu meinem Wort. Ich wünsche dir für die Zukunft alles Gute. Es wäre aber trotzdem das Beste, wenn wir uns nicht mehr über den Weg laufen. Ich würde zu stark an Audreys Tod erinnert."

„Das verstehe ich", erwiderte Vanessa, die weiterhin ihre eigentlichen Gedanken unterdrückte, um sie der Königin vorzuenthalten. „Ich wünsche dir eine rauschende Inthronisierungsfeier und eine lange während Herrschaft als Königin." Vanessa verbeugte sich tief, verließ den Raum und zog die Tür hinter sich zu.

Catherine blickte noch einige Minuten auf die verschlossene Tür und hing ihren trüben Gedanken nach. Es war sicher einer der traurigste Momente, den sie während ihrer Regentschaft erleiden würde. Ihre große Liebe Audrey Weaver hatte sie geopfert, um sich ganz auf ihr Amt als Oberhaupt aller Vampire konzentrieren zu können. Sie hätte Audrey etwas vormachen können und ihr nichts von den blutigen Taten erzählen müssen, aber auf Dauer wären sie beide daran zerbrochen. Natürlich hätte sie Audrey auch außerhalb von Transsilvanien ihr Vampirleben lassen können. Die Vorstellung, dass sie ihre Geliebte eines Tages an der Seite eines anderen Vampirs sehen würde, hätte sie aber nicht verkraftet. Daher gab sie Vanessa den Auftrag Audrey zu töten. Aus der Sicht der Königin war dies der einzig gangbare Weg gewesen. Wahrscheinlich würde sie diese Entscheidung über Jahrzehnte hinaus bereuen, aber wenn man zwischen zwei Übeln wählen muss, stand man immer als Verlierer da. Sie hatte die letzten fünfhundert Jahre ohne Gefährten gut über die Bühne gebracht und das sollte ihr in den nächsten Jahrhunderten wieder gelingen, auch ohne Audrey an ihrer Seite. Sie war schließlich das mächtigste Geschöpf auf Erden und würde mit ihrer Regentschaft ein neues Kapitel in der Geschichte der Vampire hinzufügen. Und es würde eine großartige Zeit werden, in der sie mit der Hilfe ihres Bruders Juan in neue Sphären vorstoßen würde.

Aber eigentlich war ihr bewusst, dass sie sich nur etwas vormachte. Die Entscheidung Audrey töten zu lassen, war mit Abstand die schwerste Entscheidung, die sie jemals treffen musste. Sie wusste nicht, ob sie noch einmal in der Lage gewesen wäre, diese Entscheidung zu treffen. Fast bedauerte sie, dass Vanessa tatsächlich in der Lage gewesen ist, Audrey umzubringen. Catherine fragte sich mittlerweile, ob sie Vanessa für diese Tat nur ausgewählt hatte, da sie die Hoffnung besaß, dass Vanessa es nicht übers Herz bringen würde, Audrey zu töten. Sie wischte sich eine Träne aus dem Gesicht und ging ins Esszimmer. Sie brauchte jetzt einen großen Schluck frischen Menschenbluts.

Vanessa begab sich auf dem schnellsten Weg zum Flughafen, um noch einmal nach England zu fliegen. Sie wollte sich zumindest noch von Paulie und einer guten Freundin verabschieden, bevor sie über den großen Teich in die USA flog. Sie würde wohl einige Monate brauchen, um die Taten der letzten Wochen zu verarbeiten. Die Ermordung des Polizisten und dass sie das Schwert gegenüber Audrey erhoben hatte, nagten an ihrem Gewissen. Dies würde Catherine niemals verstehen. Für die Königin war das Leben eines Menschen nichts wert. Und selbst gegenüber Vampiren kannte das Oberhaupt keine Gnade. Catherine tat nur das, was ihr in den Kram passte. Zum ersten Mal seit ewigen Zeiten hasste Vanessa jemanden bis aufs Blut. Wenn sie jemanden den Tod jemals gewünscht hätte, dann der Königin in diesem Augenblick.

25. Oktober

Gegen ein Uhr nachts suchte Vanessa ein letztes Mal das *PoD* auf, bevor sie London für lange Zeit den Rücken kehren wollte. Sie setzte sich an die Theke und ließ sich von Paulie eine Flasche synthetisches Blut bringen. Es schmeckte tatsächlich gar nicht so schlecht. Der Barkeeper bemerkte, dass sie in keiner guten Verfassung war und hielt sich mit dummen Sprüchen diesmal zurück. Marius hatte ihm vor kurzem mitgeteilt, dass Inspektor Hunter von Vanessa getötet worden war und damit das *PoD* fürs Erste aus der Schusslinie geraten sein sollte. Er mochte Vanessa sehr gern und respektierte ihre Haltung Menschenleben zu verschonen. Sie genoss das menschliche Blut genauso wie er, nur bekam sie keinen zusätzlichen Kick, wenn sie Gewalt gegenüber den Sterblichen anwendete. Paulie fand das bei weiblichen Vampiren eigentlich ganz sexy. Er hatte Vanessa mehrmals dabei beobachtet, wie sie von Menschen Blut getrunken hatte, ohne sie böse zu verletzen. Das waren fast magische Momente gewesen und hatten sehr stimulierend auf ihn gewirkt. Auch wenn er selbst keine Skrupel hatte, Menschenleben auszulöschen.

„Gib mir noch ne Flasche, Paulie", bat Vanessa.

„Kein Problem, was hast du denn die nächste Zeit vor? Bleibst du noch einige Nächte in London?"

„Nein, ich werde die Stadt morgen Abend verlassen. Darf ich den Tag nochmals bei dir verbringen?"

„Ich würde mich freuen. Schade, dass du nicht länger bleibst", erwiderte Paulie sichtlich enttäuscht. Er hatte die Zeit, die er mit Vanessa verbringen durfte, sehr genossen. Und das beschränkte sich nicht nur auf den Sex, der grandios gewesen war.

„Vielleicht kannst du mich mal besuchen. Ich reise in die USA. Meine erste Station wird Chicago sein."

„Sehr gerne, könnte auch mal wieder etwas Luftveränderung gebrauchen."

Vanessa lächelte den Barkeeper an und dachte an die Tage zurück, die sie in seinem Sarg verbracht hatten. Obwohl es erst kurze Zeit zurücklag, kam es ihr vor, als ob sie den Spaß vor endlos langer Zeit gehabt hatten. Die letzten Wochen waren sehr anstrengend gewesen und hatten viel Substanz gekostet. Zukünftig würde sie sich erst einmal von anderen Vampiren so weit wie möglich fernhalten. Der Tod und Verrat, dem sie in der jüngeren Vergangenheit ausgesetzt gewesen war, reichte für einige Jahre.

Paulie betrachtete Vanessa minutenlang. In diesem Moment sah er ein junges Mädchen, welches vor Kummer verging und nicht einen mächtigen Vampir. Ihm blutete das Herz und er würde sie gerne in die Arme nehmen. Aber das gehörte sich nicht in der Öffentlichkeit. Vampire zeigten Gefühle nur, wenn sie unter sich waren. Er rief Freddie heran und bat ihn den Thekendienst für die restliche Nacht zu übernehmen.

„Lass uns gehen und die nächsten Stunden einfach genießen." Paulie kam hinter der Theke hervor und führte eine fast apathisch wirkende Vanessa aus dem *PoD* heraus. Sie gingen zu seiner Unterkunft und legten sich in seinen geräumigen Sarg, wo sie die Zeit bis zum nächsten Sonnenuntergang – eng aneinander geschmiegt – verbrachten. Anschließend verabschiedeten sie sich und versprachen in Kontakt zu bleiben. Paulie ging ins *PoD*, während Vanessa sich aufmachte, von einer Freundin Abschied zu nehmen, die sich in Schottland aufhielt.

26. Oktober

„Wie geht es dir? Sind die Wunden alle verheilt?"

„Ja, es ist erstaunlich. Ich hatte noch niemals solche Schmerzen, wie du sie mir zugefügt hast. Hoffe, dass mir zukünftig keiner mehr ein Schwert durch die Brust schiebt. War das denn wirklich nötig?"

„Ich fürchte ja. Wenn nur eine geringe Menge von deinem Blut auf dem Schwert gewesen wäre, hätte Catherine Verdacht schöpfen können. Sie wollte das Schwert, mit dem ich dich getötet habe, ja unbedingt in die Hand bekommen. Daher musste sich eine größere Menge deines Blutes auf der Klinge befinden. Wahrscheinlich landet das *Katana* bei der Königin in einem Trophäenschrank. Jetzt solltest du sicher vor Attacken sein. Wenn du dich weiter in der Provinz aufhältst und darauf achtest, dass du nicht irgendwie ins Internet gerätst oder sonst ein auffälliges Verhalten an den Tag legst, kannst du noch Jahrhunderte leben. Niemand wird nach dir Ausschau halten. Habe aus dem *PoD* noch einige Flaschen vom synthetischen Blut mitgebracht. Dann können wir noch ne kleine Abschiedsparty machen, bevor ich Richtung Chicago aufbreche."

Vanessa lächelte Audrey an. Es war nicht einfach gewesen, ihre Gedanken vor Catherine zu verbergen, aber Vanessa hatte es geschafft. Es war schon schwierig genug gewesen den Polizisten umzubringen, aber einen anderen Vampir zu vernichten stand für sie nicht zur Debatte. Und schon gar nicht jemanden wie Audrey. Daher hatte sie dem jungen Vampir nur zweimal das Schwert in die Brust gestoßen, dies führte zu großen Schmerzen, aber bei Vampiren nicht zum Tod.

„Kannst du mir noch beibringen, wie man den Menschen am schnellsten die Erinnerung raubt, nachdem man sie gebissen und von ihrem Blut genascht hat?"

„Ich kann dir ein paar Tricks zeigen, aber lernen tut man das nur durch Übung. Du musst dich überwinden und es einfach mal bei einem Menschen probieren. Am besten bei irgendwelchen Pennern, denen niemand glauben würde, dass sie von einem Vampir angegriffen wurden. Da macht es nichts, wenn es beim ersten Mal nicht klappt."

Die nächsten Stunden gab Vanessa all ihr Wissen bezüglich Gedankenmanipulation an den jungen Vampir weiter.

„Ich lasse dich jetzt allein, Audrey. Ich werde versuchen, dich ab und an zu besuchen. Aber ich kann es nicht versprechen. Es darf ja niemand erfahren, dass du hier bist und jemand könnte sich wundern, warum ich dauernd nach Schottland reise."

„Ist schon gut. Ich werde das Beste aus der Situation machen. In den Highlands soll es ja einige Vampire geben, die sich von der Vampirliga losgesagt haben und ein einsames Leben abseits der Gewalt führen. Ich hoffe, dass ich diesen Vampiren irgendwann über den Weg laufe. Sie werden noch nichts von mir gehört haben, so dass es keine große Gefahr darstellen sollte, mit ihnen in Kontakt zu treten."

Die beiden attraktiven Vampire umarmten sich ein letztes Mal und gingen dann getrennte Wege in eine ungewisse Zukunft. Für die eine sollte sie lang und erfüllend werden, für die andere kurz und schmerzhaft.

11. November

Audrey verbrachte die letzten zwei Wochen in den schottischen Highlands. Sie ernährte sich nur von tierischem Blut, nachdem das synthetische Blut, welches Vanessa ihr dagelassen hatte, verbraucht gewesen war. Sie begegnete zwar auch einigen Menschen, konnte sich aber nicht dazu aufraffen, von dessen Blut zu trinken, da sie fürchtete, dass ihre Gier nach dem roten Lebenssaft zum Tod der Menschen führte. Ihr ging es von Tag zu Tag schlechter. Tierisches Blut war kein wirklicher Ersatz für Menschenblut. Dies hatte Audrey die letzten Wochen schmerzhaft erfahren müssen. Sie dachte viel darüber nach, warum Catherine sie umbringen lassen wollte und kam langsam zu der Überzeugung, dass es ein Akt der Gnade und Liebe gewesen sei. Catherine wusste, dass Audrey ohne die Hilfe eines älteren Vampirs nicht lebensfähig wäre. Die Gier nach Menschenblut und ihre fehlende Fähigkeit die Gedanken der Menschen zu manipulieren führten dazu, dass ihre Depressionen von Nacht zu Nacht zunahmen. Dazu kam der Sonnenentzug, der ihr schwer zu schaffen machte. Es wäre besser gewesen, Vanessa hätte sie getötet und Catherines Auftrag ausgeführt, dachte sie selbstbezogen. Ihr war bewusst, dass Vanessa damit nicht hätte leben können. An einem elften November wurde sie vor dreißig Jahren als Mensch geboren. Sie traf die

Entscheidung, dass der elfte November der letzte Tag in ihrem Leben als Vampir sein sollte.

Sie trat aus ihrer Höhle, in der sie gewöhnlich die Zeit zwischen Sonnenaufgang und Sonnenuntergang verbrachte, ins Sonnenlicht hinaus. Sie entledigte sich all ihrer Kleider, um die warmen Sonnenstrahlen ein letztes Mal auf ihrer Haut zu spüren. Nach wenigen Minuten stand sie in lodernden Flammen. Das unwiderrufliche Ende von Audrey Weaver.

ENDE

Vorankündigung :

Tödliche Bisse
Blutige Nächte 2

von Dale Cooper

Erscheinungsdatum: Herbst 2015

Die neue Geschichte von Vanessa Valpecca spielt wieder in Chicago. Sie erhält von der Königin der Finsternis die einmalige Chance in den Kreis der Vampirliga zurückzukehren. Um dies zu erreichen, muss sie einen Serienkiller aufspüren und zur Strecke bringen. Bei diesem könnte es sich um einen Vampir handeln oder um jemanden, der sich dafür ausgibt. Bei ihren Ermittlungen trifft sie erneut auf Inspektor Ian Mullen. Außerdem versucht Vanessa ihre Beziehung zu Officer Aaron Reese auf die nächste Ebene zu bringen und offenbart ihm ihre Existenz als Vampir.

Ein temporeicher Vampirkrimi !!!